閱讀

凝煉

品味

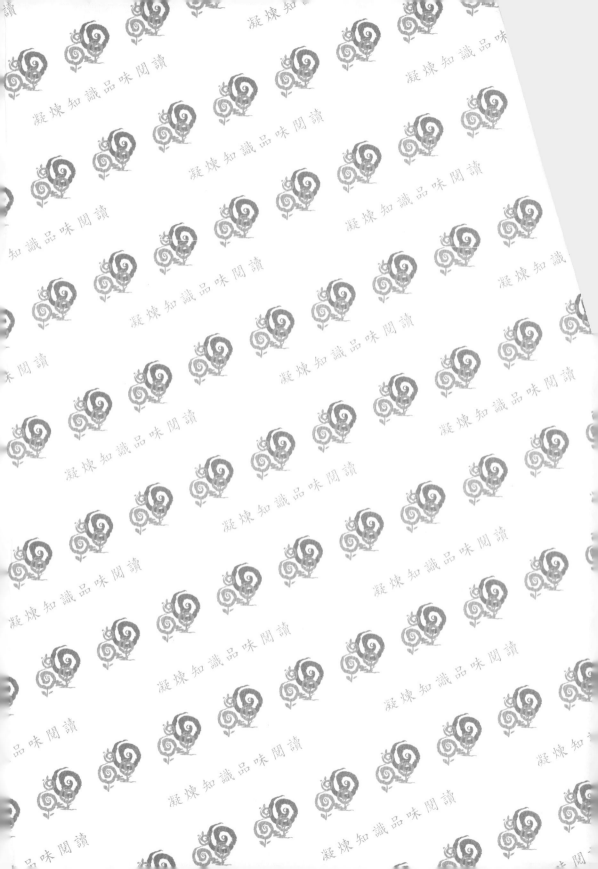

群己・生命・閱讀

林偉淑 - 主編
普義南、羅雅純、李蕙如 - 編撰

五南圖書出版公司 印行

文學經典：中國文學經典的現代詮釋・序

淡江大學大概是最早實施「大一國文」改革的學校了，早在民國八十二年推動核心課程時，就將「大一國文」拆成單學期三學分「中國語文能力表達」及一學年四學分的「文學與藝術欣賞」（2/2）兩門課。二十年來，核心課程歷經數次大幅改變，「中國語文能力表達」仍維持大班授課分組討論的模式，但「文學與藝術欣賞」的命運就迥然有別了。在通識委員會的主導下先是文學與藝術分了家，一學年的課縮減為一學期，課程易名為「中國文學及經典」，大別為「古典文學經典」及「現代文學經典」兩類；後來也不侷限於中國文學了，且由校必修課轉為院選修課，開課單位亦由中文系轉移到了外語學院，課程再度易名為「文典經典」！一〇四學年度通識制度又有大幅度變革，「文學經典」學門與「歷史與文化」學門、「哲學與宗教」學門、「藝術創作與欣賞」學門同列為四選二的人文領域，不再列為院選修。

課程隨著校通識課程的變革一路跌跌撞撞走來，這門課的教學目標與使命也早被遺忘，這或許也和一開始就沒有共用的教材有些關聯，任課教師各自為師，因此原本使命單純的文學賞析成了百家爭鳴，幾乎有幾班就有幾種課程。百家爭鳴當然也是開放自由的課程模式，只是在通識課程會議中經常成為委員批評檢討的對象，於是張雙英主任重新擬定教學宗旨，並在系院校各級會議中說服委員，提出了嶄新的課程宗旨：「本學門的課程宗旨在於賞析中外文學經典。文學經典所蘊涵人文美感聖賢智慧，足以提高學生的人文素養，豐富其人文藝術與生活美學的涵養，培養其文字美感和跨文化深度的國際觀。本學門的目標在於促進學生理性思維，培養心智能力，提昇心靈智能的全人教育。在課程設計上以『文學經典』的當代意義為主要考量，陶冶學生之文化涵養與人文情操，並藉助文學經典作品之賞析，一方面認識人類文化的歷史傳承，另一方面也掌握賢哲之生命智慧與創作心靈，而與現代社會之精神需求相呼應。」這就是目前「文學經典的現代詮釋」的由來。

課程重新定位後，在新編教材印行前，張雙英主任任內委請陳仕華老師暫編一本講義式的教材，由陳文華、顏崑陽、張雙英、許維萍、陳葆文五位老師精選《詩經》、杜詩、唐傳奇、東坡詞、明人小品、《聊齋誌異》及現代文學作品提供教師授課參考；殷善培主任接任後委請同時由林偉淑老師組織系上年輕一代教師，構思一本嶄新的教材。經過多次討論，決定推出單元主題式的選文，單元主題可以適時增減，選文也方便抽換，經過一年的反覆切磋，在這一版本中先推出了五個單元：

第一單元：親情與愛情文學（林偉淑老師）

第二單元：書寫女性與女性書寫（侯如綺老師）

第三單元：旅行文與飲食文學（鄭柏彥老師）

第四單元：社會關懷與個人出處（普義南老師）

第五單元：生命處境與存在哲思（林偉淑老師）

每一單元都有3-5篇選文，選文前的「單元導讀」說明選文精神，每篇選文都有「作者介紹」及「問題與思考」，每單元之後有「單元延伸閱讀」提供進階閱讀書目，「單元作業」提供思考與寫作練習題。

此次配合一〇四學年度通識新變革，林偉淑老師與撰寫團隊決定推出兩冊本，並延請李蕙如老師、羅雅純老師加入編寫。每冊各三單元：第一冊《愛戀・生活・閱讀》，由林偉淑老師、侯如綺老師、鄭柏彥老師共同編寫，每位老師負責一單元；第二冊《群己・生命・閱讀》，由普義南老師、李蕙如老師、林偉淑老師、羅雅純老師合作編寫。

這六位新生代的教師雖年輕，但教學經驗豐富，博士班階段輾轉各地兼課，六位老師合計前後任教過十餘所大學，對各校通識課程及學生需求有深切的認識；相信經由他們的眼光能貼近時代的脈動，當然，更感謝這門課的任課教師一起咀嚼經典，在課堂上為文學的「現代詮釋」做出最好的示範！

淡江大學中國文學系系主任　殷善培

中華民國一〇四年八月

目錄

單元二　生命處境與存在哲思……053

單元三　自然與生態書寫……119

單元一

社會關懷與個人出處

導讀

〈東門行〉、〈婦病行〉／漢樂府詩選

〈茅屋爲秋風所破歌〉／（唐）杜甫

〈《指南錄》後序〉／（宋）文天祥

〈獄中上母書〉／（明）夏完淳

〈拆屋行〉／梁啓超

〈藥〉／魯迅

〈臨床講義：關於名爲臺灣的病人〉／蔣渭水

〈煤——寫給一九八四年七月煤山礦災死難的六十七名礦工〉／杜十三

導讀

人生中我們總會面臨許多的「選擇」。

《論語》曾經記載孔子的一段小故事，有回孔子周遊列國途經楚國，不知渡口位置，請子路詢問路邊兩位種田的農夫。沒想到這兩位農夫是深藏不露的隱士，一聽說是孔子派來的，就對子路說：「且而與其從辟人之士也，豈若從辟世之士哉？」辟即避也，意思是說與其跟著你的老師孔子，在亂世中堅持無法完成的理想，成天逃避壞人、東奔西跑，還不如學我們潔身自好，躲避塵世。孔子聽到兩位隱士的話後，悵然地說道：「鳥獸不可與同羣！吾非斯人之徒與而誰與？」人畢竟不是鳥獸，人與人在一起，結合成家、成族、成國、成此世界，人若不跟人相處、互相關心、相濡以沫，那麼又可容身何處呢？

中國文化精神，正如同孔子所揭櫫的，是一種積極入世的關懷，滲透在義理、教育、史觀、生活，更在文學之中。〈詩大序〉曾言：「故正得失、動天地、感鬼神莫近於詩」，試想詩也好、其他文學體裁也好，哪有那麼神奇或神聖的力量？有的！當我們做出選擇，選擇去面對我們相處的這個人際社會，面對無法躲避的缺憾和不完美，透過筆端，化成一股警世的力量，自然能惕勵人心、走出苦難。因此文學中所謂的「社會」、「家國」的關懷，不是為政治服務，也不是奴化的表徵，而是文學家人溺己溺，真摯同情心的展現。

本單元選錄七篇文章：漢樂府〈東門行〉、〈婦病行〉，以旁觀者的角度，描寫貧富不均的社會，窮苦老百姓的悲哀。為了生存下去，〈東門行〉中丈夫決定鋌而走險、干犯法禁；因為無法生活下去，〈婦病行〉中母親病死前，唯一掛念的是兒女們如何倖存於飢寒交迫的無情世界。兩篇作者皆只敘不議，卻透過人物對話、切實細節，如寫實畫、紀錄片般，給出栩栩如生的生活片段，真實而撼動人心。五十歲的杜甫在戰亂中帶著妻兒，流離四川，好不容易在浣花溪畔築屋棲身，草屋卻突遭秋風吹破、屋漏秋雨，人生困頓，莫此為甚，但在〈茅屋為秋風所破歌〉最後卻能從一己之苦難跳出，為使天下寒士免於凍餒，情願犧牲自己。

「時窮節乃見，一一垂丹青」，文天祥〈正氣歌〉在改朝換代中，為中國知識份子樹立遺民典範。早在〈《指南錄》後序〉裡，就可以看到文天祥面對強大的元軍，仍勇赴國難，與敵周旋。歷經九死一生的逃亡，依舊不屈不撓、戰到最後，以諸葛亮「鞠躬盡力，死而後已」語自許，悱惻悲壯，令人感動。明代晚期長期的政治腐敗，使得知識份子漸漸對朝廷有種疏離感、無力感。但當清軍入關，所向披靡地打入江南後，一道剃髮令下，突然所有漢民都有了「亡國」不比「亡天下」的憂患，反清勢力蜂起。年僅十五歲的夏完淳，受到父親與恩師的感召，毅然決然地投入反清復明的浪潮。戰敗之後，父親與恩師都選擇從容就義，兩年後，臨刑前的夏完淳寫下了〈獄中上母書〉。年輕生命，一腔熱血，信中在「忠」與「孝」之間自我辯難，語言鏗鏘、情感跌宕，雖然有所不捨，但取而代之的是更多的義無反顧。前後足以和文天祥的〈《指南錄》後序〉和林覺民的〈與妻訣別書〉相頡頏。

在醫人與醫國之間，魯迅、蔣渭水跟國父孫中山一樣選擇了後者。魯迅的〈藥〉，發表於一九一九年，民國肇始，社會舊習未除。選擇以小說方式，透過夏瑜、華小栓兩條主線、兩條生命，欲警醒安於奴化、安於守舊，以荒謬為合理的民心，想要為當時社會開出一方「良藥」。同樣地，馬關條約清廷割讓臺灣廿七年後，三十一歲學醫有成、自行開業的蔣渭水，在《臺灣文化協會第一期會報》，發表了〈臨床講義〉，為日據高壓統治、文化殖民下的臺灣社會把脈。文中指出

「臺灣」是患了「知識的營養不良」症，因而成了「世界文化的低能兒」，急需從教育入手，啟蒙人心、改善文化。從此十年間，蔣渭水積極辦報、講習，幾番入獄，卻無懼日本殖民政府的打壓，針對〈臨床講義〉揭示的「病症」，致力於喚醒臺灣民族意識與文化重建的工作。採用臨床診斷書的獨特書寫形式，面對日本政府的審查，文章充滿了隱喻和諷刺，含蓄卻犀利，意味深長。

梁啟超的〈拆屋行〉、杜十三的〈煤——寫給一九八四年七月煤山礦災死難的六十七名礦工〉，痌瘝在抱，從客觀、主觀角度，以詩歌方式書寫控訴、悼念社會弱勢族群的悲哀。〈拆屋行〉中執政者為了經濟發展，選擇犧牲少數人民居住的權利，利用公權力逼民就範，「游人爭說市政好，不見街頭屋主人」，在「多數」的正義暴力下，「少數」受害者的聲音被掩蓋，百年之後讀來仍有振聾發聵之效。杜十三的〈煤〉以散文句鎔鑄新詩，寫出煤災底下煤工生活的艱辛，以及財團對弱勢族群的剝削。透過父子不同敘述口吻，以及充滿對比的色彩，流露出親情的依存，以及社會經濟階級難以撼動的沉憂。

從兩漢到現代，「貧富差距」、「捨生取義」、「文化淪亡」、「社會正義」等議題，或許始終存在，也或許離我們遙遠，但人處世中，不能無感。透過這幾篇選文，無法全面地反映當代社會的問題，身為大學生的讀者們，諸如就業買房、政治貪污、媒體操弄、物價高漲等問題，可能更令人擔憂。但從前人文章所揭櫫的入世關懷、知識份子擔當，卻是值得我們省思與繼承的。

漢樂府詩選

作者

〈東門行〉、〈婦病行〉選自宋郭茂倩所編《樂府詩集》中的〈相和歌辭〉，兩篇作者皆不詳。「樂府」，本指掌管音樂的機關。樂即音樂，府即官府，但魏晉六朝以後，也將「歌詩」稱為樂府。於是樂府便由機關的名稱，轉變為一種帶有音樂性的詩體名稱。宋代郭茂倩編纂《樂府詩集》一百卷，把樂府詩分為郊廟歌辭、燕射歌辭、鼓吹曲辭、橫吹曲辭、相和歌辭、清商曲辭、舞曲歌辭、琴曲歌辭、雜曲歌辭、近代曲辭、雜歌謠辭和新樂府辭等十二大類，其中相和歌辭，蓋以絲竹音樂相和，配合曲調而歌。其中〈東門行〉、〈婦病行〉等本辭，應是兩漢時期的作品，反映人民悲苦生活。

課文

〈東門行〉

出東門，不顧❶歸。來入門，悵❷欲悲。盎❸中無斗米儲，還視架上無懸衣。拔劍東門去，舍中兒母牽衣啼：「他家但願富貴，賤妾與君共餔糜❹。上用❺倉浪天❻故，下當用此黃口兒❼。今非！」「咄❽！行！吾去爲遲！白髮時下❾難久居。」

〈婦病行〉

婦病連年累歲，傳呼丈人❿前一言。當言未及得言，不知淚下一何翩

❶顧：顧念、考慮。
❷悵：惆悵失意。
❸盎：音ㄤˋ，一種腹大口小的瓦盆。
❹餔糜：餔，音ㄅㄨ，吃。糜，粥。
❺用：為了。
❻倉浪天：倉浪，青色。倉浪天，蒼天、青天。
❼黃口兒：幼小的孩童。
❽咄：音ㄉㄨㄛˋ，呵叱聲。
❾下：頭髮脫落。
❿丈人：指病婦的丈夫。

翩⓫。「屬⓬累君兩三孤子，莫我兒飢且寒，有過甚莫笪笞⓭，行當折搖⓮，思復念之。」亂曰⓯：抱時無衣⓰，襦復無裡⓱。閉門塞牖，舍⓲孤兒到市。道逢親交，泣坐不能起。從乞求與孤買餌⓳。對交⓴啼泣，淚不可止。「我欲不傷悲不能已。」探懷中錢持授交。入門見孤兒，啼索其母抱。徘徊空舍中，「行復爾耳㉑！棄置勿復道㉒。」

⓫ 翩翩：淚流不止。

⓬ 屬：同囑，囑託、囑咐。

⓭ 笪笞：ㄉㄚˊ ㄔ，用鞭或竹板處罰責打。

⓮ 行當折搖：行當，將要。折搖，折夭，即夭折之意，此處指病婦將死，心疼未成年的孩兒在貧病交加的環境，又缺乏母親照料，預料也難以久活。

⓯ 亂曰：古代樂曲標記，即樂歌的最後一章，本詩是指以下寫婦死以後之事。

⓰ 無衣：指孩子沒有長衣服，只有短衣。

⓱ 襦復無裡：襦，短衣。裡，襯裡。一般襦衣內會加襯棉絮以保暖，此處則指短襦襯裡已破爛、單薄。

⓲ 舍：捨，放下。

⓳ 餌：糕餅。

⓴ 交：此指前文之親交。

㉑ 行復爾耳：行，將要。復，又。爾，如此。意指父親擔心孩子們也將如同病婦般死去。

㉒ 棄置勿復道：棄置，丟開。勿復道，不要再說了。

問題與思考

1. 請問如果你是〈東門行〉中的男主角，面對道德與生存的困境，你會做出怎樣的選擇？
2. 請問你對當前臺灣社會貧富不均的現象，有何切身的體會或想法？

〈茅屋為秋風所破歌〉

（唐）杜甫

作者

杜甫（西元七一二—七七〇年），字子美，號少陵野老，祖籍襄陽（今湖北襄樊），生於河南鞏縣（今鞏義）。曾任檢校工部員外郎，因此後世稱其杜工部。又因為他居住在長安城外的少陵，也稱他杜少陵。杜甫自小好學，七歲便能作詩，二十歲後漫遊各地，於洛陽認識李白。杜甫客居長安十年，鬱鬱不得志，仕途失意，過著貧困的生活。安史之亂後，杜甫投奔肅宗，任左拾遺，後因直諫被貶華州，乾元二年（七五九年）棄官西行，於成都西郊浣花溪畔築茅屋而居。四年期間，寫詩二百四十餘首。曾在四川成都任檢校工部員外郎，不久又再過著流離顛沛的生活，漂泊於今天的四川、湖北和湖南一帶。大曆五年（七七〇年）在從長沙到岳陽間湘江中的小船上，發病而死。

課文

八月❶秋高風怒號，卷我屋上三重茅。茅飛度江灑江郊，高者掛罥❷長林梢。下者飄轉沈塘坳❸。南村群童欺我老無力，忍能對面爲盜賊。公然抱茅入竹去，脣焦口燥呼不得，歸來倚杖自歎息。俄頃❹風定雲墨色，秋天漠漠❺向昏黑。布衾❻多年冷似鐵，驕兒惡臥❼踏裏裂❽。（床）頭屋漏無乾處，雨腳❾如麻未斷絕。自經喪亂❿少睡眠，長夜霑溼何由徹。安得⓫廣廈⓬千萬間，大庇天下寒士俱歡顏，風雨不動安如山。嗚呼！何時眼前突兀⓭見此屋，吾廬獨破受凍死亦足。

❶八月：杜甫入蜀第二年（七六〇）在成都西郊浣花溪畔築建茅屋棲身，此詩作於隔年（七六一）仲秋八月。

❷罥：音ㄐㄩㄢˋ。本為捕捉鳥獸的網，此處當動詞用，意即網般糾結、懸掛。

❸坳：音ㄠ。池塘或有水的窪地。

❹俄頃：很短的時間、一會兒。

❺漠漠：昏暗的樣子。

❻衾：被子。

❼惡臥：睡相不好。

❽踏裏裂：裏，指被心。睡眠時蹬破被心。

❾雨腳：成線落下綿密的雨點。

❿喪亂：此處指安史之亂。

⓫安得：如何能得、怎能得。

⓬廣廈：寬廣高大的房屋。

⓭突兀：高聳特出的樣子。

問題與思考

1. 請問在本詩描述中杜甫所遭受的苦難有哪些？為何他在苦難之中，會昇華出「安得廣廈千萬間，大庇天下寒士俱歡顏」的宏願？
2. 孟子曾說仁政的基礎在於「以不忍人之心，行不忍人之政」，在近年來臺灣所發生重大公安意外或社會案件中，哪件事情最讓你感到於心不忍的？如果你是執政者會期許自己如何面對處理？

〈《指南錄》後序❶〉

（宋）文天祥

作者

文天祥（西元一二三六—一二八三年），初名雲孫，字天祥。後以天祥為名，改字履善。寶佑四年（一二五六年）中狀元後，改字宋瑞，後因住過文山，而號文山。吉州廬陵（今江西吉安縣）人，為南宋詩人、將領，以忠烈名傳後世，與陸秀夫、張世傑被稱為「宋亡三傑」。宋亡後，被元朝囚禁四年，獄中作〈正氣歌〉。元世祖愛其才，曾親勸其降，文天祥堅貞不屈，答曰：「一死之外，無可為者。」終被元朝所殺。執刑時，文天祥向南方跪拜，從容就死。死時年僅四十七歲。文天祥的妻子收屍時，在其衣帶中發現絕筆自贊：「孔曰成仁，孟曰取義；惟其義盡，所以仁至。讀聖賢書，所學何事？而今而後，庶幾無愧！」著有《文山詩

❶後序：序，詩集序文，交代著作意旨。《指南錄》為文天祥自編的詩集，四卷，收詩約一百八十首。書名「指南」，取自其〈揚子江詩〉：「幾日隨風北海游，回從揚子大江頭。臣心一片磁針石，不指南方不肯休。」此序寫於書後，故稱後序。

集》、《指南錄》、《指南後錄》等。

課文

德祐二年❷二月十九日，予除❸右丞相兼樞密使❹，都督諸路軍馬。時北兵❺已迫修門❻外，戰、守、遷皆不及施。縉紳、大夫、士萃於左丞相府，莫知計所出。會使轍交馳，北邀當國者相見，眾謂予一行爲可以紓禍。國事至此，予不得愛身；意北亦尚可以口舌動也。初，奉使往來，無留北者，予更欲一覘❼北，歸而求救國之策。於是辭相印不拜，翌日，以資政殿學士行。

初至北營，抗辭慷慨，上下頗驚動，北亦未敢遽輕吾國。不幸呂師孟❽構惡

❷德祐二年：西元一二七六年，德祐，南宋恭帝年號。是年元軍兵臨臨安，恭帝出降。文天祥等在福州改立端宗，改元景炎。

❸除：除舊職、任新職，即委任官職之意。

❹樞密使：官名，宋朝時為統管國家兵權。

❺北兵：元軍。

❻修門：首都城門，此指南宋臨安城門。

❼覘：音ㄓㄢ，查看。此處欲藉出使元國機會，窺視元兵虛實。

❽呂師孟：字養浩，呂文煥之侄。南宋咸淳九年（一二七三），鎮守襄陽的呂文煥降元。南宋任呂師孟為兵部尚書，出使元軍乞和。觀文中所述，呂師孟當時似已降元。

於前，賈餘慶⑨獻諂於後，予羈縻⑩不得還，國事遂不可收拾。予自度不得脫，則直前詬⑪虜帥失信，數呂師孟叔侄⑫爲逆，但欲求死，不復顧利害。北雖貌敬，實則憤怒，二貴酋⑬名曰「館伴⑭」，夜則以兵圍所寓舍，而予不得歸矣。

未幾，賈餘慶等以祈請使詣北。北驅予並往，而不在使者之目。予分當引決⑮，然而隱忍以行。昔人云⑯：「將以有爲也。」至京口⑰，得間奔眞州⑱，即具以北虛實告東西二閫⑲，約以連兵大舉。中興機會，庶幾在此。留二日，維

⑨賈餘慶：字善夫，時繼文天祥為右丞相，文天祥奉使至元營，賈餘慶隨即呈獻降表至元營。並向元軍獻策，囚禁文天祥。

⑩羈縻：羈留、軟禁。

⑪詬：詬罵。

⑫叔侄：此指即呂文煥、呂師孟。

⑬貴酋：元軍頭目，一說為元將唆都、忙古歹。

⑭館伴：名為就館陪伴，實則軟禁、監管。

⑮分當引決：分當，理當。引決，自殺。

⑯昔人云：昔人，指唐人南霽雲。安史之亂中，南霽雲與張巡等同守睢陽，城破被俘，叛軍命他投降，他不回答。此時張巡呼他共同赴死，他笑道：「欲將以有為也（準備有所作為）。公有言，雲敢不死！」不屈遇害。事見韓愈〈張中丞傳後敘〉。

⑰京口：今江蘇鎮江市。

⑱真州：今江蘇儀徵縣。

⑲東西二閫：閫，音ㄎㄨㄣˇ，古代指統兵在外的統帥或軍事機構。此處指當時南宋淮東、淮西兩路制置使。

揚帥下逐客之令⑳。不得已，變姓名，詭蹤跡，草行露宿，日與北騎相出沒於長淮間。窮餓無聊，追購㉑又急，天高地迥，號呼靡及。已而得舟，避渚洲，出北海，然後渡揚子江，入蘇州洋，輾轉四明㉒、天臺㉓，以至於永嘉㉔。

嗚呼！予之及于死者，不知其幾矣！詆大酋㉕當死；罵逆賊㉖當死；與貴酋處二十日，爭曲直，屢當死；去京口，挾匕首以備不測，幾自剄死；經北艦十餘里，爲巡船所物色㉗，幾從魚腹死㉘；眞州逐之城門外㉙，幾傍徨死；如揚州，過瓜洲㉚揚子橋㉛，竟使遇哨，無不死；揚州城下，進退不由，殆例㉜送死；坐桂公塘㉝土圍中，騎數千過其門，幾落賊手死；賈家莊幾爲巡徼㉞所陵迫死；夜趨

⑳維揚帥下逐客之令：維揚，揚州。當時駐揚州城淮東制置使李庭芝，懷疑文天祥已密降元朝，不肯收留及舉兵。

㉑追購：追捕捉拿。

㉒四明：今浙江寧波市。

㉓天臺：今浙江天臺縣。

㉔永嘉：今浙江溫州市。

㉕詆大酋：詆罵元軍統帥伯顏將軍。

㉖罵逆賊：指罵呂師孟叔姪。

㉗物色：搜尋，此指根據通緝圖貌以盤查。

㉘從魚腹死：投水自盡。

㉙真州逐之城門外：指被李庭芝誤為元軍間諜，而驅逐出境。

㉚瓜洲：今江蘇省揚州市南邊近長江處。

㉛揚子橋：在揚州市南十五里處。

㉜殆例：幾乎像。

㉝桂公塘：今江蘇高郵縣東南。

㉞巡徼：巡邏的哨兵。徼，音ㄐㄧㄠˋ。

高郵，迷失道，幾陷死；質明㉟，避哨竹林中，邏者數十騎，幾無所逃死；至高郵，制府檄㊱下，幾以捕繫死；行城子河，出入亂尸中，舟與哨相後先，幾邂逅死；至海陵㊲，如高沙㊳，常恐無辜死㊴；道海安、如皋㊵，凡三百里，北與寇往來其間，無日而非可死；至通州㊶，幾以不納死；以小舟涉鯨波㊷出，無可奈何，而死固付之度外矣！嗚呼！死生，晝夜事也㊸，死而死矣，而境界危惡，層見錯出，非人世所堪。痛定思痛㊹，痛何如哉！

予在患難中，間以詩記所遭，今存其本不忍廢，道中手自抄錄：使北營，留北關㊺外，為一卷；發北關外，歷吳門、毗陵㊻，渡瓜洲，復還京口，為一卷；脫京口，趨眞州、揚州、高郵、泰州、通州，為一卷；自海道至永嘉、來三山㊼，

㉟質明：天剛亮時。
㊱制府檄：官方文書，指制置司府捉拿文天祥的公文。
㊲海陵：今江蘇省泰州市。
㊳高沙：今江蘇高郵縣西南。
㊴恐無辜死：擔心被視為間諜而無辜遇害。
㊵海安、如皋：均在今江蘇蘇北境內。
㊶通州：今江蘇省南通市。
㊷鯨波：海浪。
㊸死生，晝夜事也：生死猶如晝夜交替一般，是很尋常的事。
㊹痛定思痛：指事後追思當時所遭的痛苦。
㊺北關：指杭州城以北的元營。
㊻毗陵：今江蘇省常州市。毗，音ㄆㄧˊ。
㊼三山：今福建省福州市。

爲一卷。將藏之於家，使來者讀之，悲予志焉。

嗚呼！予之生也幸，而幸生[48]也何所爲？求乎爲臣，主辱，臣死有餘僇[49]；所求乎爲子，以父母之遺體行殆[50]而死有餘責。將請罪於君，君不許；請罪[51]於母，母不許；請罪於先人之墓，生無以救國難，死猶爲厲鬼以擊賊，義也；賴天之靈、宗廟之福，修我戈矛[52]，從王於師，以爲前驅，雪九廟[53]之恥，復高祖之業，所謂「誓不與賊俱生」，所謂「鞠躬盡力，死而後已[54]」，亦義也。嗟夫！若予者，將無往而不得死所矣。向也使予委骨於草莽，予雖浩然無所愧怍[55]，然微以自文[56]於君親，君親其謂予何！誠不自意返吾衣冠[57]，重見日月，使

[48] 幸生：僥倖生存下來。

[49] 死有餘僇：僇，音ㄌㄨˋ，污辱。意指無能回報君王，就算死仍感恥辱。

[50] 以父母之遺體行殆：用父母賜生的身體去做危險的事。《禮記．祭義》：「不敢以先父母之遺體行殆。」

[51] 請罪：請求處分自己未死之罪。

[52] 修我戈矛：整修武器。語見《詩經．秦風．無衣》：「王于興師，修我戈矛，與子同仇。」

[53] 九廟：朝廷宗廟，祭祀該朝歷任君王。

[54] 鞠躬盡力，死而後已：「誓不與賊俱生」、「鞠躬盡力，死而後已」，皆引自諸葛亮〈後出師表〉。

[55] 浩然無所愧怍：行為光明，無所慚愧。語見《孟子．盡心下》：「仰不愧於天，俯不怍於地。」

[56] 微以自文：微，無也。文，文飾、掩飾。意即無以自己掩飾過錯。

[57] 返吾衣冠：衣冠，衣冠之區，指宋朝統治之地。

旦夕得正丘首[58]，復何憾哉！復何憾哉！

是年夏五[59]，改元景炎[60]，廬陵文天祥自序其詩，名曰《指南錄》。

問題與思考

1. 文天祥《指南錄》詩集寫於他出使元營，然後逃亡至福建，參與南宋朝廷重建的過程。請問在〈後序〉文中他如何描述自己九死一生的險境？哪些遭遇中差點被殺？
2. 文天祥絕筆云「而今而後，庶幾無愧」，他沒有選擇投效元朝，換取如呂文煥等降臣般的榮華富貴，卻選擇犧牲生命，只是希望自己活得沒有愧怍。請問現階段的你，是否發生過至今能感愧疚的事情？如果人生可以重來，你會怎麼去彌補？

58 得正丘首：傳說狐狸死時，頭必朝向狐穴所在的山丘。比喻不忘本或對故鄉的思念。《禮記・檀弓上》：「古之人有言曰：狐死正丘首，仁也。」

59 夏五：夏五月。

60 景炎：宋端宗年號。

〈獄中上母書〉

（明）夏完淳

作者

夏完淳（西元一六三一——一六四七年），原名復，字存古，號小隱，華亭（今上海松江）人。七歲能詩文，十三歲作〈大哀賦〉，師事陳子龍。十五歲時追隨父親夏允彝起兵抗清，允彝兵敗投水自盡後，完淳與陳子龍繼續奔走抵抗。受南明魯王封為中書舍人。永曆元年（清順治四年，一六四七年），陳子龍被清廷所執，後來亦投水自盡。同年七月，完淳被俘，押至南京，作〈獄中上母書〉，向嫡母與生母訣別。九月，從容就義，行刑時，傲然挺立，拒不下跪。葬於松江城西，年僅十七歲。完淳詩詞悲壯慷慨，充滿強烈的民族氣節。著有《玉樊堂集》、《內史集》、《南冠草》、《續倖存錄》等書，今人合編為《夏完淳集》。

課文

〈獄中上母書〉

不孝完淳今日死矣，以身殉父，不得以身報母矣。痛自嚴君見背❶，兩易春秋。冤酷❷日深，艱辛歷盡。本圖復見天日，以報大仇，恤死榮生，告成黃土。奈天不佑我，鐘虐❸先朝。一旅才興，便成齏粉❹。去年之舉，淳已自分必死，誰知不死，死於今日也！斤斤❺延此二年之命，菽水之養❻無一日焉。致慈君❼托跡於空門，生母❽寄生於別姓，一門漂泊，生不得相依，死不得相問。淳今日又溘

❶嚴君見背：嚴君，對父親的敬稱。見背，尊親去世。夏完淳的父親夏允彝（西元一五九六年—一六四五年），字彝仲，號瑗公，為幾社創始人之一。弘光元年（一六四五年）與陳子龍等起兵松江反清，戰敗後，投松塘自盡。諡號文忠。

❷冤酷：殘酷無道，此指清廷的統治。

❸鐘虐：鐘，聚集。虐，災禍。

❹齏粉：碎成粉屑。指反清義軍之潰敗。

❺斤斤：同「僅僅」。

❻菽水之養：菽，豆類。用豆與水奉養父母，代指貧家對父母的供養。《禮記．檀弓下》：「子路曰：『傷哉！貧也。生無以為養，死無以為禮也。』孔子曰：『啜菽飲水盡其歡，斯之謂孝。』」

❼慈君：指作者的嫡母盛氏，明亡後削髮為尼。

❽生母：指作者的生母陸氏，為夏允彝之妾。夏允彝死後，陸氏寄居作者之妹夏惠吉的夫家。

然❾先從九京❿，不孝之罪，上通於天。

嗚呼！雙慈在堂，下有妹女，門祚衰薄，終鮮兄弟。淳一死不足惜，哀哀八口，何以爲生？雖然，已矣。淳之身，父之所遺；淳之身，君之所用。爲父爲君，死亦何負於雙慈？但慈君推乾就濕⓫，教禮習詩，十五年如一日；嫡母慈惠，千古所難。大恩未酬，令人痛絕。慈君托之義融女兄⓬，生母托之昭南女弟⓭。

淳死之後，新婦⓮遺腹得雄，便以爲家門之幸；如其不然，萬勿置後⓯。會稽大望，至今而零極矣。節義文章，如我父子者幾人哉？立一不肖後如西銘先

❾溘然：突然。溘，音ㄎㄜˋ。

❿九京：同九原、九泉，指死後地下世界。

⓫推乾就濕：把床上乾燥處讓給幼兒，自己睡在幼兒濕處。形容母親養育子女的辛勞。《父母恩重難報經》：「頌曰：『母願身投濕，將兒移就乾。』」

⓬義融女兄：作者的姊姊夏淑吉，字美南，號荊隱，別號義融。嫁侯玄洵。

⓭昭南女弟：作者的妹妹夏惠吉，字昭南，號蘭隱。嫁杜容三。

⓮新婦：指作者結婚兩年的妻子錢秦篆。作者入獄時，錢氏已懷有身孕。

⓯置後：抱養別人的孩子為後嗣。

生⑯，爲人所詬笑，何如不立之爲愈耶？嗚呼！大造⑰茫茫，總歸無後，有一日中興再造，則廟食千秋，豈止麥飯豚蹄，不爲餒鬼而已哉？若有妄言立後者，淳且與先文忠在冥冥誅殛頑嚚⑱，決不肯舍！

兵戈天地，淳死後，亂且未有定期。雙慈善保玉體，無以淳爲念。二十年後，淳且與先文忠爲北塞之舉⑲矣。勿悲勿悲！相托之言，愼勿相負。武功甥⑳將來大器，家事盡以委之。寒食、盂蘭，一杯清酒，一盞寒燈，不至作若敖之鬼㉑，則吾願畢矣。新婦結縭二年，賢孝素著，武功甥好爲我善待之。亦武功渭

⑯西銘先生：張溥，字天如，別號西銘，復社成員，卒於崇禎十四年（一六四一年）。死後無子，由錢謙益等代為立嗣，名為永錫，字式似。事蹟不詳，然似品行有疵，不能承繼張溥遺風。

⑰大造：造化，指天。

⑱誅殛頑嚚：誅殛，誅殺。頑嚚，頑固愚蠢的人。嚚，音ㄧㄣˊ。

⑲北塞之舉：出師北伐，驅逐滿清。這句話說死後再度轉世為人，仍與其父在北方起兵反清。

⑳武功甥：甥，外甥。指作者姐姐夏淑吉的兒子侯檠，字武功，小作者六歲。

㉑若敖之鬼：無子孫祭祀的餓鬼。若敖，楚國公族名。春秋時，楚國令尹子文是若敖氏的後人，看到族人子越椒行止不正，擔心將會給整個家族帶來災難。臨終前，對族人哭著說：「鬼猶求食，若敖氏之鬼，不其餒而。」後來，若敖氏終於因為越椒叛楚而被滅了全族。事見《左傳‧宣公四年》。

陽情[22]也。

語無倫次，將死言善。痛哉痛哉！人生孰無死？貴得死所耳。父得爲忠臣，子得爲孝子，含笑歸太虛，了我分內事。大道本無生，視身若敝屣。但爲氣所激，緣悟天人理。惡夢十七年，報仇在來世。神遊天地間，可以無愧矣。

問題與思考

1. 請問文中夏完淳是如何面對「忠」與「孝」的抉擇？「父得為忠臣，子得為孝子」，既然選擇放棄奉養母親，為何仍可說自己是「孝子」呢？
2. 孟子曾說過：「生，亦我所欲也；義，亦我所欲也。二者不可得兼，舍（捨）生而取義者也。」請問在你現階段的價值觀中，有什麼事物或信念，值得你用生命去守護？

[22] 渭陽情：指甥舅之間的情誼。渭陽，渭水之北。春秋時晉公子重耳出亡，曾到秦國避難，後來他的姐夫秦穆公護送他返國即位。外甥秦康公時為太子，送他至渭陽，作詩贈別。見《詩經．秦風．渭陽》：「我送舅氏，曰至渭陽。」後世因用渭陽比喻甥舅。

〈拆屋行❶〉

梁啓超

作者

梁啓超（西元一八七三—一九二九年），字卓如，號任公，別號飲冰室主人。廣東新會人。是清末民初知名思想家、政治家、教育家、史學家及文學家。青年時期曾與其師康有為合作進行戊戌變法，事敗後出逃，在海外推動君主立憲。辛亥革命後一度入袁世凱政府擔任司法總長。他倡導新文化運動，支持五四運動。一生勤奮，著述宏富，在政治活動占去大量時間的情況下，每年平均寫作達三十九萬字之多，各種著述達一千四百多萬字。今合編為《飲冰室合集》。

❶拆屋行：行，歌行體。清宣統三年（一九一一）辛亥三、四月間，距臺灣割讓日本已十七年。是時梁啓超應霧峰林獻堂及臺灣遺老邀請來台。於臺北目睹日本政府為了拓寬市區道路而肆意拆毀民房，導致眾多百姓流離失所，風餐露宿，遂有詩作。

課文

麻衣病嫠❷血濡足，負攜八雛路旁哭。窮臘❸慘栗❹天雨霜，身無完裙❺居無屋。自言近市有數椽❻，太翁❼所構垂百年。中停雙槥❽未滿七❾，府帖❿疾下如奔弦。節度愛民⓫脩市政，要使比戶⓬成殷闐⓭。袖出圖樣指且畫，剋期⓮改作無遷延。懸絲⓯十命但恃粥，力殫弗任⓰惟哀憐。吏言稱貸⓱豈無路，敢以巧語干大

❷麻衣病嫠：麻衣，喪服。嫠，音ㄌㄧˊ，寡婦。意即服喪中又患病的寡婦。

❸窮臘：窮，將盡。臘，臘月。此處概指冬末春初時期。

❹慘栗：同慘慄，寒冷戰慄的天氣。

❺身無完裙：身上沒有完好的裙子。引用杜甫〈石壕吏〉：「有孫母未去，出入無完裙。」

❻椽：架在桁上用以承接木條及屋頂的木材。此處借代屋子。

❼太翁：祖父。

❽槥：小的棺材。

❾滿七：習俗人死後會設祭七七四十九日而畢，謂之「滿七」。

❿府帖：府，日本在臺灣設立的臺灣總督府。帖，文告，此處拆屋文告。

⓫節度愛民：節度，節度使，此處指臺灣總督。愛民，愛護人民，而欲拓寬道路。此處為反語嘲諷。

⓬比戶：戶與戶之間緊靠排比。

⓭殷闐：殷，眾多。闐，音ㄊㄧㄢˊ，充滿。指人口聚集、繁華熱鬧之區。

⓮剋期：約定期限。

⓯懸絲：命如懸絲，此處比喻生計艱危。

⓰力殫弗任：殫，盡力。意指就算盡力也無法達到總督府限期遷移的命令。

⓱稱貸：借貸。

權[18]。不然官家爲汝辦，率比傍舍[19]還租錢。出門十步九回顧，月黑風凄何處路？祇愁又作流民看[20]，明朝捉收官裡去。市中華屋連如雲，哀絲豪竹[21]何紛紛。游人爭說市政好，不見街頭屋主人。

問題與思考

1. 詩末寫出「游人爭說市政好，不見街頭屋主人」，在國家與個人趨利避害中，難免會出現衝突。今日若是為了「大眾」利益而去犧牲你「個人」利益，你如何看待？
2. 近來年臺灣屢屢出現都更拆屋，以及在地居民反對工業區、核電廠、保育區開發的抗爭事件。你認為在經濟發展與居住權益、環境保育中，是否存在某種互利的平衡點？說說你的看法。

⑱巧語干大權：干，干犯。指用虛假藉口的違反政府既定的政策。

⑲率比傍舍：率比，一律按照。傍舍，鄰近人家。

⑳祇愁又作流民看：祇，只。流民，轉徙四處的無業游民。梁啓超此句下自注：「彼中凡無業游民，皆拘作苦工。」意即被視作流民者，會被總督府強制徵召服勞役，詩中嫠婦因此發愁。

㉑哀絲豪竹：絲竹，借指音樂。哀豪，指樂音變化。語本杜甫〈醉為馬墜諸公攜酒相看〉詩句：「酒肉如山又一時，初筵哀絲動豪竹。」形容權貴生活奢糜。

〈藥〉❶

魯迅

作者

魯迅（西元一八八一－一九三六年），本名周樹人，字豫才，原名樟壽，又字豫山、豫亭。浙江紹興人。一九一八年發表小說《狂人日記》時始用筆名「魯迅」。早日赴日學醫，後來感到要拯救中國，「醫學並非一件要緊事」，更重要的是「改變他們的精神」（見《吶喊自序》），決定棄醫從文，用文藝改變國民精神，是中國現代文學的重要奠基者。其主要成就包括雜文、短中篇小說、文學、思想和社會評論、古代典籍校勘與研究、散文、現代散文詩、舊體詩、外國文學與學術翻譯作品等。代表作品有《吶喊》、《徬徨》、《朝花夕拾》、《野草》、《華蓋集》、《中國小說史略》等。

❶本篇最初發表於一九一九年五月《新青年》第六卷第五號。按篇中人物夏瑜隱喻清末女革命黨人秋瑾。秋瑾在徐錫麟被害後不久，也於一九〇七年七月十五日遭清政府殺害，就義的地點位在紹興府橫街與大街相接的「丁」字路口，街旁有一牌樓，匾上題有「古軒亭口」四字，即小說中的「古□亭口」。

課文

一

秋天的後半夜，月亮下去了，太陽還沒有出，只剩下一片烏藍的天；除了夜遊的東西，什麼都睡著。華老栓忽然坐起身，擦著火柴，點上遍身油膩的燈盞，茶館的兩間屋子裏，便彌滿了青白的光。

「小栓的爹，你就去麼？」是一個老女人的聲音。裡邊的小屋子裡，也發出一陣咳嗽。

「唔。」老栓一面聽，一面應，一面扣上衣服；伸手過去說，「你給我罷。」

華大媽在枕頭底下掏了半天，掏出一包洋錢❷，交給老栓，老栓接了，抖抖的裝入衣袋，又在外面按了兩下；便點上燈籠，吹熄燈盞，走向裡屋子去了。那

❷洋錢：指銀元。銀元最初是從外國流入我國的，所以俗稱洋錢；我國自清代後期開始自鑄銀元，但民間仍沿用這個舊稱。或稱為「銀洋」、「銀圓」。

屋子裡面，正在窸窸窣窣的響，接著便是一通咳嗽。老栓候他平靜下去，才低低的叫道，「小栓……你不要起來。……店麼？你娘會安排的。」

老栓聽得兒子不再說話，料他安心睡了；便出了門，走到街上。街上黑沈沈的一無所有，只有一條灰白的路，看得分明。燈光照著他的兩腳，一前一後的走。有時也遇到幾隻狗，可是一隻也沒有叫。天氣比屋子裡冷得多了；老栓倒覺爽快，彷彿一旦變了少年，得了神通，有給人生命的本領似的，跨步格外高遠。而且路也愈走愈分明，天也愈走愈亮了。

老栓正在專心走路，忽然吃了一驚，遠遠裏看見一條丁字街，明明白白橫著。他便退了幾步，尋到一家關著門的鋪子，蹩進檐下，靠門立住了。好一會，身上覺得有些發冷。

「哼，老頭子。」

「倒高興……。」

老栓又吃一驚，睜眼看時，幾個人從他面前過去了。一個還回頭看他，樣子不甚分明，但很像久餓的人見了食物一般，眼裡閃出一種攫取的光。老栓看看燈籠，已經熄了。按一按衣袋，硬硬的還在。仰起頭兩面一望，只見許多古怪的人，三三兩兩，鬼似的在那裡徘徊；定睛再看，卻也看不出什麼別的奇怪。沒有多久，又見幾個兵，在那邊走動；衣服前後的一個大白圓圈，遠地裡也看得清楚，走過面前的，並且看出號衣❸上暗紅的鑲邊。——一陣腳步聲響，一眨眼，已經擁過了一大簇人。那三三兩兩的人，也忽然合作一堆，潮一般向前進；將到丁字街口，便突然立住，簇成一個半圓。

老栓也向那邊看，卻只見一堆人的後背；頸項都伸得很長，彷彿許多鴨，被無形的手捏住了的，向上提著。靜了一會，似乎有點聲音，便又動搖起來，轟的一聲，都向後退；一直散到老栓立著的地方，幾乎將他擠倒了。

「喂！一手交錢，一手交貨！」一個渾身黑色的人，站在老栓面前，眼光正像兩把刀，刺得老栓縮小了一半。那人一隻大手，向他攤著；一隻手卻撮著一個鮮紅的饅頭❹，那紅的還是一點一點的往下滴。

老栓慌忙摸出洋錢，抖抖的想交給他，卻又不敢去接他的東西。那人便焦急

❸號衣：舊時軍士所穿，帶有編號的制服。清朝士兵的軍衣，前後胸都綴有一塊圓形白布，上有「兵」或「勇」字樣。

❹鮮紅的饅頭：即蘸有人血的饅頭。唐代陳藏器《本草拾遺》記載：「人肉療羸瘵（癆病）」，明代李時珍《本草綱目》批評這是「愚民之見」。

起來，嚷道，「怕什麼？怎的不拿！」老栓還躊躇著；黑的人便搶過燈籠，一把扯下紙罩，裹了饅頭，塞與老栓；一手抓過洋錢，捏一捏，轉身去了。嘴裏哼著說，「這老東西……。」

「這給誰治病的呀？」老栓也似乎聽得有人問他，但他並不答應；他的精神，現在只在一個包上，彷佛抱著一個十世單傳的嬰兒，別的事情，都已置之度外了。他現在要將這包裡的新的生命，移植到他家裡，收穫許多幸福。太陽也出來了；在他面前，顯出一條大道，直到他家中，後面也照見丁字街頭破匾上「古□亭口」這四個黯淡的金字。

二

老栓走到家，店面早經收拾乾淨，一排一排的茶桌，滑溜溜的發光。但是沒有客人；只有小栓坐在裡排的桌前吃飯，大粒的汗，從額上滾下，夾襖也貼住了脊心，兩塊肩胛骨高高凸出，印成一個陽文的「八」字。老栓見這樣子，不免皺一皺展開的眉心。他的女人，從灶下急急走出，睜著眼睛，嘴唇有些發抖。

「得了麼？」

「得了。」

兩個人一齊走進灶下，商量了一會；華大媽便出去了，不多時，拿著一片老荷葉回來，攤在桌上。老栓也打開燈籠罩，用荷葉重新包了那紅的饅頭。小栓也吃完飯，他的母親慌忙說：「小栓——你坐著，不要到這裡來。」一面整頓了灶火，老栓便把一個碧綠的包，一個紅紅白白的破燈籠，一同塞在灶裡；一陣紅黑的火焰過去時，店屋裏散滿了一種奇怪的香味。

「好香！你們吃什麼點心呀？」這是駝背五少爺到了。這人每天總在茶館裡過日，來得最早，去得最遲，此時恰恰蹩到臨街的壁角的桌邊，便坐下問話，然而沒有人答應他。「炒米粥麼？」仍然沒有人應。老栓匆匆走出，給他泡上茶。

「小栓進來罷！」華大媽叫小栓進了裡面的屋子，中間放好一條凳，小栓坐了。他的母親端過一碟烏黑的圓東西，輕輕說：

「吃下去罷，——病便好了。」

小栓撮起這黑東西，看了一會，似乎拿著自己的性命一般，心裡說不出的奇怪。十分小心的拗開了，焦皮裡面竄出一道白氣，白氣散了，是兩半個白麵的饅頭。——不多工夫，已經全在肚裡了，卻全忘了什麼味；面前只剩下一張空盤。他的旁邊，一面立著他的父親，一面立著他的母親，兩人的眼光，都彷彿要在他身上注進什麼又要取出什麼似的；便禁不住心跳起來，按著胸膛，又是一陣咳嗽。

「睡一會罷，——便好了。」

小栓依他母親的話，咳著睡了。華大媽候他喘氣平靜，才輕輕的給他蓋上了滿幅補釘的夾被。

三

店裏坐著許多人，老栓也忙了，提著大銅壺，一趟一趟的給客人沖茶；兩個眼眶，都圍著一圈黑線。

「老栓，你有些不舒服麼？——你生病麼？」一個花白鬍子的人說。

「沒有。」

「沒有？——我想笑嘻嘻的，原也不像……」花白鬍子便取消了自己的話。

「老栓只是忙。要是他的兒子……」駝背五少爺話還未完，突然闖進了一個滿臉橫肉的人，披一件玄色布衫，散著鈕扣，用很寬的玄色腰帶，胡亂捆在腰間。剛進門，便對老栓嚷道：

「吃了麼？好了麼？老栓，就是運氣了你！你運氣，要不是我信息靈……。」

老栓一手提了茶壺，一手恭恭敬敬的垂著；笑嘻嘻的聽。滿座的人，也都恭敬敬的聽。華大媽也黑著眼眶，笑嘻嘻的送出茶碗茶葉來，加上一個橄欖，老栓便去沖了水。

「這是包好！這是與眾不同的。你想，趁熱的拿來，趁熱吃下。」橫肉的人只是嚷。

「眞的呢，要沒有康大叔照顧，怎麼會這樣……」華大媽也很感激的謝他。

「包好，包好！這樣的趁熱吃下。這樣的人血饅頭，什麼癆病都包好！」

華大媽聽到「癆病」這兩個字，變了一點臉色，似乎有些不高興；但又立刻堆上笑，搭訕著走開了。這康大叔卻沒有覺察，仍然提高了喉嚨只是嚷，嚷得裡面睡著的小栓也合夥咳嗽起來。

「原來你家小栓碰到了這樣的好運氣了。這病自然一定全好；怪不得老栓整天的笑著呢。」花白鬍子一面說，一面走到康大叔面前，低聲下氣的問道，「康大叔——聽說今天結果的一個犯人，便是夏家的孩子，那是誰的孩子？究竟是什麼事？」

「誰的？不就是夏四奶奶的兒子麼？那個小傢伙！」康大叔見眾人都聳起耳朵聽他，便格外高興，橫肉塊塊飽綻，越發大聲說，「這小東西不要命，不要就是了。我可是這一回一點沒有得到好處；連剝下來的衣服，都給管牢的紅眼睛阿義拿去了。——第一要算我們栓叔運氣；第二是夏三爺賞了二十五兩雪白的銀子，獨自落腰包，一文不花。」

小栓慢慢的從小屋子裡走出，兩手按了胸口，不住的咳嗽；走到灶下，盛出一碗冷飯，泡上熱水，坐下便吃。華大媽跟著他走，輕輕的問道，「小栓，你好些麼？——你仍舊只是肚餓？……」

「包好，包好！」康大叔瞥了小栓一眼，仍然回過臉，對眾人說，「夏三爺眞是乖角兒，要是他不先告官，連他滿門抄斬。現在怎樣？銀子！——這小東西也眞不成東西！關在牢裡，還要勸牢頭造反。」

「阿呀，那還了得。」坐在後排的一個二十多歲的人，很現出氣憤模樣。

「你要曉得紅眼睛阿義是去盤盤底細的，他卻和他攀談了。他說：這大清的天下是我們大家的。你想：這是人話麼？紅眼睛原知道他家裡只有一個老娘，可是沒有料到他竟會這麼窮，榨不出一點油水，已經氣破肚皮了。他還要老虎頭上搔癢，便給他兩個嘴巴！」

「義哥是一手好拳棒，這兩下，一定夠他受用了。」壁角的駝背忽然高興起來。

「他這賤骨頭打不怕，還要說可憐可憐哩。」

花白鬍子的人說，「打了這種東西，有什麼可憐呢？」

康大叔顯出看他不上的樣子，冷笑著說：「你沒有聽清我的話；看他神氣，是說阿義可憐哩！」

聽著的人的眼光，忽然有些板滯；話也停頓了。小栓已經吃完飯，吃得滿頭流汗，頭上都冒出蒸氣來。

「阿義可憐——瘋話，簡直是發了瘋了。」花白鬍子恍然大悟似的說。

「發了瘋了。」二十多歲的人也恍然大悟的說。

店裡的坐客，便又現出活氣，談笑起來。小栓也趁著熱鬧，拚命咳嗽；康大叔走上前，拍他肩膀說：

「包好！小栓——你不要這麼咳。包好！」

「瘋了。」駝背五少爺點著頭說。

四

西關外靠著城根的地面，本是一塊官地；中間歪歪斜斜一條細路，是貪走便道的人，用鞋底造成的，但卻成了自然的界限。路的左邊，都埋著死刑和瘐斃❺的人，右邊是窮人的叢塚。兩面都已埋到層層疊疊，宛然闊人家裡祝壽時候的饅頭。

這一年的清明，分外寒冷；楊柳才吐出半粒米大的新芽。天明未久，華大媽

❺瘐斃：瘐，音ㄩˇ。囚犯因病死於獄中。

已在右邊的一座新墳前面，排出四碟菜，一碗飯，哭了一場。化過紙❻，呆呆的坐在地上；彷彿等候什麼似的，但自己也說不出等候什麼。微風起來，吹動她短髮，確乎比去年白得多了。

小路上又來了一個女人，也是半白頭髮，襤褸的衣裙；提一個破舊的朱漆圓籃，外掛一串紙錠❼，三步一歇的走。忽然見華大媽坐在地上看他，便有些躊躇，慘白的臉上，現出些羞愧的顏色；但終於硬著頭皮，走到左邊的一座墳前，放下了籃子。

那墳與小栓的墳，一字兒排著，中間只隔一條小路。華大媽看他排好四碟菜，一碗飯，立著哭了一通，化過紙錠；心裡暗暗地想，「這墳裡的也是兒子了。」那老女人徘徊觀望了一回，忽然手腳有些發抖，蹌蹌踉踉退下幾步，瞪著眼只是發怔。

華大媽見這樣子，生怕他傷心到快要發狂了；便忍不住立起身，跨過小路，低聲對他說，「你這位老奶奶不要傷心了，——我們還是回去罷。」

❻化過紙：燒冥紙、紙錢。

❼紙錠：用錫箔糊成的紙元寶。

那人點一點頭，眼睛仍然向上瞪著；也低聲吃吃的說道，「你看，——看這是什麼呢？」

華大媽跟了他指頭看去，眼光便到了前面的墳，這墳上草根還沒有全合，露出一塊一塊的黃土，煞是難看。再往上仔細看時，卻不覺也吃一驚；——分明有一圈紅白的花，圍著那尖圓的墳頂。

他們的眼睛都已老花多年了，但望這紅白的花，卻還能明白看見。花也不很多，圓圓的排成一個圈，不很精神，倒也整齊。華大媽忙看他兒子和別人的墳，卻只有不怕冷的幾點青白小花，零星開著；便覺得心裡忽然感到一種不足和空虛，不願意根究。那老女人又走近幾步，細看了一遍，自言自語的說，「這沒有根，不像自己開的。——這地方有誰來呢？孩子不會來玩；——親戚本家早不來了。——這是怎麼一回事呢？」他想了又想，忽又流下淚來，大聲說道：

「瑜兒❽，他們都冤枉了你，你還是忘不了，傷心不過，今天特意顯點靈，要我知道麼？」他四面一看，只見一隻烏鴉，站在一株沒有葉的樹上，便接

❽瑜兒：即前文所提被處斬的夏四奶奶的兒子，魯迅取名「夏瑜」隱射「秋瑾」。

著說，「我知道了。——瑜兒，可憐他們坑了你，他們將來總有報應，天都知道；你閉了眼睛就是了。——你如果眞在這裡，聽到我的話，——便教這烏鴉飛上你的墳頂，給我看罷。」

微風早經停息了；枯草支支直立，有如銅絲。一絲發抖的聲音，在空氣中愈顫愈細，細到沒有，周圍便都是死一般靜。兩人站在枯草叢裡，仰面看那烏鴉；那烏鴉也在筆直的樹枝間，縮著頭，鐵鑄一般站著。

許多的工夫過去了；上墳的人漸漸增多，幾個老的小的，在土墳間出沒。

華大媽不知怎的，似乎卸下了一挑重擔，便想到要走；一面勸著說，「我們還是回去罷。」

那老女人歎一口氣，無精打采的收起飯菜；又遲疑了一刻，終於慢慢地走了。嘴裡自言自語的說，「這是怎麼一回事呢？……」

他們走不上二三十步遠，忽聽得背後「啞——」的一聲大叫；兩個人都悚然的回過頭，只見那烏鴉張開兩翅，一挫身，直向著遠處的天空，箭也似的飛去了。

一九一九年四月。

問題與思考

1. 魯迅選擇棄醫從文，是希望能精神層面上去診療國家社會之病。請問從〈藥〉這篇小說中，你看得出當時社會人心有著怎樣的「病狀」？
2. 魯迅在《吶喊》小說集序中有一個生動的比喻問答，來解釋他為何要從事文學創作：「『假如一間鐵屋子，是絕無窗戶而萬難破毀的，裡面有許多熟睡的人們，不久都要悶死了，然而是從昏睡入死滅，並不感到就死的悲哀。現在你大嚷起來，驚起了較為清醒的幾個人，使這不幸的少數者來受無可挽救的臨終的苦楚，你倒以為對得起他們麼？』『然而幾個人既然起來，你不能說絕沒有毀壞這鐵屋的希望。』」請問魯迅所說「鐵屋子」意指為何？臺灣目前在政治、社會上是否也存在某種難以打破的「鐵屋子」？分享你的想法。

臨床講義：關於名為臺灣的病人

蔣渭水

作者

蔣渭水（西元一八九一—一九三一年），字雪谷，宜蘭人。二十四歲，從臺灣總督府醫學校畢業。先就職於宜蘭醫院內科，後來在台北大稻埕開設大安醫院，並作為反殖民體制運動的根據地。一九二〇年代起，曾創立臺灣文化協會、新臺灣聯盟，成立臺灣民眾黨、臺灣工友聯盟等組織，領導臺灣非武裝抗日民族運動，致力於喚醒民族意識與文化重建的工作，是臺灣日據時代最重要的政治社會運動家。後因傷寒症病逝，享年僅四十一歲。今人輯有《蔣渭水全集》。

本文〈臨床講義：關於名為臺灣的病人〉，於一九二一年十一月發表於《臺灣文化協會第一期會報》，全篇原本以日文寫作，後經學者翻譯成中文。文中將臺灣比喻成患者，蘊含對日本統治的諷刺與對臺灣民眾的勸諫，可視為其反殖民與臺灣文化重建活動的重要里程碑。

課文

〈臨床講義：關於名為臺灣的病人〉

蔣渭水

患　者：臺灣。
姓　名：臺灣島。
性　別：男。
年　齡：移籍現住址已二十七歲❶。
原　籍：中華民國福建省臺灣道。
現住址：大日本帝國臺灣總督府。
緯　度：東經120～122度。
　　北緯22～25度。
職　業：世界和平第一關門的守衛。

❶二十七歲：指一八九五年馬關條約割讓臺灣，至作者發表本文，日據臺灣已有廿七年。

遺　傳：明顯地具有黃帝、周公、孔子、孟子等血統。

素　質：爲上述聖賢後裔，素質強健，天資聰穎。

既往症：幼年時（即鄭成功時代），身體頗爲強壯，頭腦明晰，意志堅強，身手矯健。自入清朝，因受政策毒害，身體逐漸衰弱，意志薄弱，品行卑劣，節操低下。轉居日本帝國後，接受不完全治療，稍見恢復，爲因慢性中毒達二百年之久，不易霍然而癒。

現　症：道德頹廢，人心澆漓❷，物慾旺盛，精神生活貧瘠，風俗醜陋，迷信深固，頑迷不悟，罔顧衛生，智慮淺薄，不知永久大計，只圖眼前小利，墮落怠惰，腐敗，卑屈，怠慢，虛榮，寡廉鮮恥，四肢倦怠，惰氣滿滿，意氣消沉，了無生氣。

主　訴：頭痛、眩暈、腹內飢餓感。

最初診察患者時，以其頭較身大，理應富於思考力，但以二、三常識問題試加詢問，其回答卻不得要領，可想像患者是個低能兒，頭骨雖大，內容空虛，腦

❷澆漓：澆薄。

髓並不充實；聞及稍微深入的哲學、數學、科學及世界大勢，便目暈頭痛。此外，手足頎長❸發達，這是過度勞動所致。其次診視腹部，發現腹部纖細凹陷，一如已產婦人，腹壁發皺，留有白線。這大概是大正五年歐洲大戰❹以來，因一時僥倖，腹部頓形肥大，但自去夏吹起講和之風❺，腸部即染感冒，又在嚴重的下痢摧殘下，使原本極爲擴張的腹壁急劇縮小所引起。

診　斷：世界文明的低能兒。

原　因：智識的營養不良。

經　過：慢性疾病，時日頗長。

預　後：因素質優良，若能施以適當的療法，尚可迅速治療。反之若療法錯誤，遷延時日有病入膏肓死亡之虞。

療　法：原因療法，即根本治療法。

❸頎長：修長。頎，音ㄑㄧˊ。

❹大正五年歐洲大戰：日本大正五年，即西元一九一六年，此指第一次世界大戰（一九一四—一九一八）。

❺講和之風：意指第一次世界大戰期間，因歐陸諸國軍需大幅增加，提振了日本經濟。但第一次世界大戰結束後，軍需減少，日本經濟陷入不景氣。當時日本經濟之消長，連帶影響著殖民地臺灣。

處　方：

正規學校教育最大量
補習教育最大量
幼稚園　最大量
圖書館　最大量
讀報社　最大量

若能調和上述各劑，迅速服用，可以二十年內根治。尚有其他特效藥品，此處從略。

大正十年（一九二一年）十一月三十日
主治醫師蔣渭水

問題與思考

1. 請問蔣渭水在九十年前寫的〈臨床講義〉中，所描述的臺灣社會的「病症」有哪些？你覺得哪些「病症」至今尚未痊愈？
2. 試以自己為患者，你覺得自己在待人處事或精神層面上，是否亦有急需改善的「病症」，而有效的「處方」又為何？

〈煤——寫給一九八四年七月煤山礦災❶死難的六十七名礦工〉

杜十三

作者

杜十三（西元一九五〇—二〇一〇年），本名黃人和，南投竹山人。國立臺灣師範大學

❶煤山煤礦礦災：又稱煤山煤礦大火、煤山煤礦災變，是台灣光復後最嚴重的礦災及火災。一九八四年七月十日下午，位於臺北縣瑞芳鎮（現新北市瑞芳區）九份的煤山煤礦壓風機房突然發生火災，機房的坑木支架與機械潤滑油等迅速燃燒，煙霧隨氣流進入斜坑，使第一班休工欲出坑及第二般已入坑的共一百三十三名礦工深陷充滿薰煙與一氧化碳的坑內，於搶救後三十三人送醫救活，其餘一百零一人罹難，但救活的人中有半數因瓦斯中毒而成為植物人。受困的員工，未能依規定佩帶一氧化碳自救呼吸器，而空氣壓縮機依規定應置於坑外，但煤山礦場場方為了省錢，竟把壓縮機放在坑內，且礦災時最重要的抽風機老舊而不堪使用，這些因素均為災情如此嚴重的原因。

畢業，主修化學，輔修藝術，為台灣新詩作家。曾獲中國時報文學獎、《創世紀》詩雜誌創刊四十周年詩創作獎。著有詩集《人間筆記》、《地球筆記》、《嘆息筆記》（杜十三詩選）；散文集《偉大的樹》、《行動筆記》等。〈煤〉選自其新詩集《地球筆記》。

課文

孩子
我們生命中的色彩
是注定要從黑色的地層下面　挖出來的
家裡飯桌上　綠色的菜
白色的米
街頭二輪的彩色電影
媽媽紅色的拖鞋
姊姊的綠色香皂
還有你的黃色書包
都是需要阿爸　流汗

從黑色的洞裡　挖出來的
今後阿爸不再陪你了
因爲阿爸要到更深　更黑的地方
再爲你　挖出一條
有藍色天空的路來

阿爸，你不要再騙我了
家裡的所有的色彩
其實，都是假的
我早就知道
家裡的飯菜是煤做的
媽媽的笑容姊姊的衣裳
還有我的課本和鉛筆……
統統都是煤做的
甚至連您啊　我想念的爸爸

不也是煤做的嗎？
他們說：煤不再值錢了
可是　阿爸
我卻寧願丟掉所有的色彩
陪著媽媽　姊姊
守住洞口
拼命的用眼睛去挖　去挖
挖出一具
黑色的
　阿
　爸

問題與思考

1. 請問〈煤〉詩中如何透過父子、色彩的對比，展現出文學書寫的獨特張力？
2. 近年來臺灣出現許多重大的公安意外，請你將心比心，用受害者或受害者家屬的觀點、口吻，陳述其看法。

延伸閱讀

1. （宋）郭茂倩編《樂府詩集》：〈孤兒行〉、〈艷歌行〉（樂府詩）
2. （日）芥川龍之介：〈羅生門〉（短篇小說）
3. （唐）杜甫：〈石壕吏〉、〈新安吏〉、〈枏樹為風雨所拔嘆〉（古體詩）
4. （唐）白居易：〈新製布裘〉、〈新制綾襖成感而有詠〉（古體詩）
5. （宋）文天祥：《指南錄》（古典詩集）
6. （明）夏完淳：〈遺夫人書〉（書信）
7. （清）林覺民：〈稟父書〉、〈與妻訣別書〉（書信）
8. 梁啓超：〈斗六吏〉、〈公學校〉、〈墾田令〉（古體詩）
9. （清）秋瑾：〈寶刀歌〉（古體詩）
10. 魯迅：〈狂人日記〉（短篇小說）
11. （清）龔自珍：〈病梅館記〉（散文）
12. 江自得：〈醫學的隱喻〉（散文）
13. 杜十三：〈蛇——寫給台北的妓女〉、〈刀子——寫給不良少年〉（新詩）

單元作業

試以小組討論的方式，模仿蔣渭水的〈臨床講義〉，重新為當前臺灣的「病症」，寫出一份臨床診斷書。

單元二

生命處境與存在哲思

導讀

生命有時盡，而生存的過程是一段曲曲折折的旅程，存在的意義究竟是什麼呢？

海德格爾說，人是向死的存在，生和死是生命的兩端，唯有包含生和死，才是完整的生命。莊子說死生齊一，生死如同四季的變化般自然，死亡不是生命的結束，死亡是包含在生命裡的一個過程。我們永遠在生命的現場，我們雖無法決定生命的長短，也無法左右生命的際遇，但是我們可以調整面對生命各種狀態的心境，織就我們自己的人生圖案。面對生命或面對死亡，對於人們而言，其實都是個艱難的。死亡不僅是帶走了某一個人，死亡也改變了活著的人，在存在與死亡之間的小小距離裡，人的生命就此改觀。然而，人生永遠得選擇，積極努力或者隨波逐流，都是一種選擇，一種人生態度。

宇宙之大，生命立於天地之間，滔滔濁世，紅塵世間，如何安身立命？屈原〈卜居〉記述直諫遭斥、遠放漢北的三年後，面對「忠而被謗」，能無哀憤？志在興邦，卻流放在外，眼見世俗正邪不辨，是非不分，「心煩慮亂，不知所從」乃假託問卜，凸顯心中疑惑。屈原「求卜」充塞無訴悲憤，與太卜鄭詹尹的問答都表明廉潔正直的立場，構成了全文卜問之辭。太卜對言：「夫尺有所短，寸有所長；物有所不足，智有所不明；數有所不逮，神有所不通。」間接表達了對屈原抉擇的欽佩。在這鋪排而出的卜問中，襯托出屈原並非是對處世哲學的真正疑惑，恰是他在世道溷濁、是非顛倒之中，其對人生道路的堅定，雖身處黑暗世道，仍不隨波逐流，錚錚挺峙的志士風骨，展現君子不同流合污，忠貞高尚的情操。

在〈定風波〉中，當所有人在雨中狼狽不安時，蘇東坡告訴我們，不必去聽風雨穿林打葉聲，不必愁於大雨滂沱的進度兩難，因為雨終究會過去。這是多麼自適的情態，因此才能有「回首向來蕭瑟處，也無風雨也無晴」的處之泰然，不為晴喜，也不為雨悲。東坡用他貶謫的一生告訴我們，隨遇而安才能看到生命更多的可能，而不是黯然悲傷，或者一籌莫展乃至於沈淪的人生選擇，這是多麼曠達瀟脫的態度啊。

當人性立於義利衝突，在名韁利鎖的處境中，君子何以抉擇立身之道？在陸九淵〈君子喻於義，小人喻於利〉文中，揭示了君子崇高的凜然氣節。事實上，「君子喻於義，小人喻於利」一語自《論語．里仁》。陸九淵引用做為登白鹿洞書院講席的講題；從「從章以義」直到「願與諸君勉之，以毋負其志」為正文。君子直道而行，壁立千仞為頂天立地的大丈夫，一股慨然同風的正氣，沛然瀰漫在字行之間，體現了世俗競相追逐物欲，有所為而有所不為「喻於義」的精神。此意正如同《孟子．滕文公下》：「得志與民由之，不得志獨行其道，富貴不能淫，貧賤不能移，威武不能屈，此之謂大丈夫。」從這個意義上來說，君子喻於義，直指人生道路上志士仁人的義利之擇，啟迪世人不囿「利」之誘惑，超越世俗之羈絆，氣宇軒昂地走向人生「義」的道路。

話本小說〈錯斬崔寧〉則展示了存在的荒謬感。明代馮夢龍《醒世恆言》裡將此作品題名為〈十五貫戲言成巧禍〉。這是一個沒有辦法回頭的故事，而錯誤的開始只是一個隨意的玩笑，以及一連串無巧不成書的人生遭遇。在閱讀時，也許我們會說，如果一開始，劉官人不對陳二姐開玩笑，戲言要賣了她；如果崔寧不是因為陳二姐的美貌，動了憐愛之心，二人同行一段路，如果不是他也正好懷有十五貫錢；如果不是……如果不是……那麼這個悲劇也許不會發生，然而，是不是所有的「錯」在故事起程的那一刻便已寫下，向著無法回頭的結局奔馳而去呢？人生是個旅途，而我們一直是在路上，總是遇見了什麼又錯過了什麼。存在有時是被拋擲於某種處境中，某種我們也無能改變的關係中，於是有了存在的荒謬感。

關漢卿則在〈四塊玉・閒適〉裡直白地告訴我們：「賢的是他，愚的是我，爭什麼？」所謂賢者；所謂愚者，都是相對的，生命的困境源自於我們不斷地陷落在好／壞、對／錯、成／敗、美／醜、貧／富……的價值判斷中。事實上，在生命中我們真正且永恆的對手，不是別人，是自己，人和人之間衝突的關鍵，往往是在於「我執」，我所執著的是非對錯主觀的認知中。如果我們能夠理解，所有物質的擁有都是短暫的，所有的關係也都非永恆，我們所能作的是珍惜，並學習享受生活裡簡單的美好，我們便可以擁有更遼闊的世界。

生命本是獨一無二的體驗，在偶然與必然的人生處境中，自問自答，自叩自鳴。王尚義〈超人的悲劇——悼一位朋友之死〉一文，從悼念追述朋友之生死，思考人對於生命的不同態度，悲歡人生，戲夢何如？冷靜地反芻世事蒼涼與世情變動，淡得極致，苦得回甘。所謂「超人」是指西方哲學家「尼采」所提出意志哲學，試圖通過個體現象的毀滅痛苦，尋找生命的永恆意義。文中朋友選擇告別世間，彷彿透視了對生命的困窘與掙扎。人活著，究竟有什麼意義？不就是為了追求理想，為了追求自己的價值嗎？對生的猜疑、對死的恐懼、人性本源的追求跟渴望、理想現實的嚮往與幻滅等，都藉由作者純熟洗鍊的文筆寫實地呈現紙上。然生命不盡善美是「真」；生命不遂人意是「實」，這是生命境遇的本貌，果能通過毀滅而了結嗎？這不是由於畏懼死亡，而是人應該向生命行禮，勇敢地面對生命可能的變動與痛苦本質，積極堅韌地活下去才是更接近生命的真實。此意猶同西方哲學存在主義「沙特」所言：「人是受某些條件所羈絆的存在。」所以，人屹立在浩渺世間，只有承認生命不可避免的羈絆性，才能獲得更大自由的可能。縱然，人生悲歡交集，除了對世事的喟嘆；對生死的體悟，更應該奮而超越生命的有限性，淬鍊出更豐富的生命光彩，對這人間世懷抱著更大的愛與寬解。

白萩〈流浪者〉則寫出寂寞的存在者，一個流浪旅人踽蝺獨行錯落的身影。〈流浪者〉一詩表現出繪畫般的圖像：一株絲杉，在曠野中，孤獨地佇立著。同時在視覺上，我們看到孤獨遠去的旅人身影，最終消失在地平線上，這也寫出了以流浪者的孤苦無依。第二段則以錯落文字，寫出旅人細長的影子以及凌亂的腳步，描繪出流浪者在天地之間孤獨的身影。而文末出現了「向東方」，東方為黎明升起之處，使得詩作從蕭索寂然的情緒中，隱隱有了希望。或許可以說，存在就有希望。

人間分離與聚合，歡樂與寂寞，美麗與悲哀，就如同宇宙自然界的春之櫻、夏之花、秋之楓、冬之雪，即生即滅，自然的規律令人欣然感動。人屹於命運以管窺天，生命渺茫在天地浩瀚的變易中，天地時序的井然推移，人間的悲歡離合更是相應著「月」的陰晴圓缺。張曉風〈月，闕也〉一文，以「月」的「闕」的意象，象徵人世間的不完美，筆鋒如淡掃蛾眉朝至尊，觀物明世，遊刃有餘，細膩情韻而雋永深遠。作者沉吟韻致，叮囑人勿心存求全，但防求全之毀，要去接受生命的不完美，抱樸守缺。此意正如是天地當有殘，天地方能美；天地固應缺，天地乃常圓，所以人生勿需窮究求全，天上人間之圓缺、明暗、陰陽、美醜，皆有其變與不變的存在之理。正如蘇軾〈赤壁賦〉所言：「蓋將自其變者而觀之，則天地曾不能以一瞬；自其不變者觀之，則物與我皆無盡也。」在天光月影共徘徊下，俯瞰倒影出的浮世繪是更幽微深遠的真實人生。人生本是因緣聚合，完美與不完美皆是求圓而忘缺，故我們理當順情地擁抱生命，用心體驗生命，感受生命「闕」的多樣面貌。

在莫那能的詩作〈百步蛇死了〉，也說明了一種被決定的處境，他書寫的不只是他個人命運的乖舛，也是整個臺灣原住民族苦難的縮影，特別是他們的悲慘際遇。傳說中作為排灣族人祖先的百步蛇——一個美麗的民族圖騰，如今被裝在大藥瓶裡，成為鼓動大都市男人欲望的工具，而大都市裡男人欲望的對象竟是排灣族的少女。生命中有不可承受的重量，那就是家族的命運，或民族的苦難。莫那能的詩作寫出原住民的集體記憶和遭遇，寫出了台灣社會一直以來對於原住民族不公平的對待，也因為莫那能身為原住民和盲人的雙重弱勢，使得他的詩作流露出原鄉悲情的書寫，也寫出了原住民族存在的無可奈何。

生命充滿許多的可能，而我們可以決定生命存在的價值，事實上，這世上最美好的存在處境，就是愛。每一個生命的個體都和另一個生命個體相互交錯，因此我們所有的人，在彼此之間都產生了關連，每個人的存在，都和別人的故事有著或深或淺的交集。在我們的生活中，快樂和悲傷，都會過去，時間終將帶走一切。在失去與擁有之間，總要面對，並且相信，現在才是唯一，因此，如何存在，如何走完這曲曲折折的一生，都是自己的選擇，因為，我們是自己生命獨一無二的導演、編劇及主角，我們精心編寫、盡情演出，並決定了人生謝幕時的姿態。

〈卜居〉

（戰國）屈原

作者

屈原（西元前三四三年－？），名平，字原，戰國楚人。生於楚宣王二十七年，卒年不詳。曾任左徒、三閭大夫要職，受上官大夫靳尚向楚懷王進讒，被放逐漢北。頃襄王即位，再遭令尹子蘭、上官大夫靳尚誣陷，再流放江南。秦將白起攻破郢都，楚國覆亡在即，屈原「忠而被謗，信而見疑」，乃作《離騷》；又撰《九歌》、《九章》、《天問》、《遠遊》、《卜居》、《漁夫》等，冀悟君心，而君終不悟，宗社將頹，憂愁悲憤，投汨羅江而死。西漢劉尚編定《楚辭》❶，屈原作品二十五篇，內容「書楚語、作楚聲、紀楚地、名楚物」故謂之《楚辭》，為中國文學辭賦之祖。

❶《楚辭》：是戰國末至西漢初期流行於楚地詩歌集。西漢劉向將屈原、宋玉的作品以及淮南小山、東方朔、王褒、劉向等人承襲模仿屈原、宋玉的作品共十六篇輯錄成集，定名為《楚辭》。《楚辭》遂又成為詩歌總集的名稱。這些作品的風格、形式運用楚地文學樣式、方言聲韻和風土物產，具有濃厚地方色彩，所以名為《楚辭》，為後來漢賦、駢文之先河。

課文

屈原既放，三年，不得復見。竭智盡忠，而蔽障❷於❸讒，心煩慮亂，不知所從。往見太卜❹鄭詹尹曰：「余有所疑，願因先生決之。」詹尹乃端策❺拂龜❻曰：「君將何以教之？」

屈原曰：「吾寧悃悃款款❼，朴以忠乎？將送往勞來，斯無窮乎？寧誅鋤草茆，以力耕乎？將游大人以成名乎？寧正言不諱，以危身乎？將從俗富貴，以媮生乎？寧超然高舉，以保眞乎？將哫訾❽栗斯❾，喔咿❿嚅唲⓫，以事婦人⓬乎？寧廉潔正直，以自清乎？將突梯滑稽⓭，如脂⓮如韋⓯，以潔⓰楹⓱楹乎？寧昂昂⓲若千

❷障：遮蔽阻擋。
❸於：被。
❹卜：官名
❺策：占卜用的蓍草。
❻龜：占卜用的龜甲。
❼悃悃款款：忠心耿耿，無二心的樣子。
❽哫訾：阿諛奉承。
❾栗斯：小心獻媚。
❿喔咿：強笑聲。
⓫嚅唲：屈從。
⓬婦人：指楚懷王的寵妃鄭袖。
⓭突梯滑稽：圓滑狡詐。
⓮脂：脂膏。
⓯韋：熟皮革。
⓰潔：用繩圍繞圓柱形物體。
⓱楹：堂前圓柱。
⓲昂昂：氣度不凡。

里之駒乎？將氾氾⑲若水中之鳧⑳乎？與波上下，偷以全吾軀乎？寧與騏驥亢㉑軛㉒乎？將隨駑馬㉓之迹乎？寧與黃鵠㉔比翼乎？將與雞鶩㉕爭食乎？此孰吉孰凶？何去何從？世溷濁而不清，蟬翼爲重，千鈞爲輕；黃鐘㉖毀棄，瓦釜㉗雷鳴；讒人高張，賢士無名。吁嗟默默兮，誰知吾之廉貞！」

詹尹乃釋策而謝曰：「夫尺有所短，寸有所長㉘；物有所不足，智有所不明；數有所不逮，神有所不通。用君之心，行君之意。龜策誠不能知此事。」

問題與思考

1. 試述鄭詹尹為何對屈原言：「用君之心，行君之意，龜策誠不能知此事。」？
2. 屈原「不知所從」是否真指不知處世之方向？哲人是在抒發己志，還是寓此警世？〈卜居〉是哲人自問自答之語，還是心有所惑求卜鄭詹尹？

⑲ 氾氾：飄浮。
⑳ 鳧：野鴨。
㉑ 亢：通「伉」，匹敵。
㉒ 軛：車轅前面用來駕馬的馬具。
㉓ 駑馬：劣馬。
㉔ 黃鵠：天鵝。
㉕ 鶩：鴨子。
㉖ 黃鐘：樂器。
㉗ 瓦釜：陶土製的鍋。
㉘ 尺有所短，寸有所長：比喻人和事各有長短。

〈定風波〉

（宋）蘇軾

作者

蘇軾（西元一〇三七－一一〇一年），字子瞻，眉山人（今四川），生於宋仁宗景祐三年，卒於徽宗建中靖國元年。博通經史，嘉祐二年試禮部第二。神宗熙寧四年，上書反對王安石新政。後徙知密州、徐州、潮州。後以其詩譏諷時政，被貶至黃州任團練副使，築室於東坡，自號東坡居士。哲宗即位，奉召回朝，起知登州，後知杭州，屢召至翰林學士知制誥。後又屢遭貶謫，遠知惠州（廣東惠陽縣）、儋州（海南島儋縣）。徽宗紹聖時赦還，病逝於常州（江蘇常州），謚文忠。為文汪洋宏肆，如行雲流水，常行於所當行，止於所不得不止。在詞作方面，開拓了詞的題材及境界，著有《蘇軾文集》、《蘇軾詩集》、《東坡樂府》。

課文

三月七日沙湖❶道中遇雨，雨具先去，同行皆狼狽，余獨不覺。已而遂晴，故作此。

莫聽穿林打葉聲，何妨吟嘯且徐行。
竹杖芒鞋輕勝馬，誰怕！一蓑煙雨任平生。
料峭春風吹酒醒，微冷，山頭斜照卻相迎。
回首向來蕭瑟處，歸去，也無風雨也無晴。

問題與思考

1. 何以蘇軾說：「同行皆狼狽，余獨不覺」？當東坡言：「回首向來蕭瑟處，歸去，也無風雨也無晴。」他所要表達的是何種人生態度？
2. 在古典詩作中常會出現「酒」，能否舉例，並說明詩人以酒賦詩的生命情態。

❶沙湖：今日湖北　岡市黃州區。

〈君子喻於義，小人喻於利〉

（宋）陸九淵

作者

陸九淵，（西元一一三九—一一九二年），字子靜，號存齋，生於南宋高宗紹興九年，撫州金谿（今江西省金谿縣）人，嘗居貴溪象山，世稱「陸象山」。三十四歲登進士第，授靖安主簿。其學以「尊德性」為主，與主張「道問學」的朱熹於鵝湖之會論辯太極圖說，理學遂有朱陸之別。淳熙二年，朱熹講學於白鹿洞，特請陸九淵講授〈君子喻於義，小人喻於利〉篇，聽者至有泣下。宋光宗紹熙二年，卒於荊門任上，年五十四，官員百姓痛哭祭奠，街巷充塞弔唁百姓，著有《象山集》三十二卷，附語錄四卷。

課文

某❶雖少服父兄師友之訓，不敢自棄，而頑鈍疏拙❷，學不加進，每懷愧惕❸，恐卒負其初心，方將求鍼砭鐫磨❹於四方師友，冀獲開發，以免罪戾❺。比來❻得從郡侯秘書❼至白鹿書堂❽，群賢畢集，瞻睹盛觀，竊自慶幸。秘書先生、教授先生❾，不察其愚，令登講席❿以吐所聞。顧惟庸虛⓫，何敢當此？辭避再

❶某：本為臣諱君名時稱謂，後演變為自稱之辭。在此乃為陸九淵自稱。

❷頑鈍疏拙：頑劣遲鈍，粗淺笨拙。自謙之辭，才疏學淺，天資愚笨。

❸愧惕：自覺慚愧而自我警惕。

❹鍼砭鐫磨：切磋琢磨，互相勉勵。

❺罪戾：罪愆，其意是指罪過。

❻比來：比，近也。比來，猶如近來。

❼郡侯秘書：指朱熹。當時朱熹知南康軍，軍是宋代行政區名稱。朱熹又曾任秘書郎，因此稱朱熹為郡侯秘書。

❽白鹿洞：位於江西省星子縣北，廬山五老峰南之後屏山上。唐德宗貞元時，李渤與兄涉俱隱居於此，李渤養白鹿自娛，行常與之自隨，因稱之為白鹿先生，名其居曰：「白鹿洞」。唐末兵亂，郡學廢壞，高雅之士往往讀書講藝於此。南唐昇元始建為學館，以李善道為洞主，掌教授，名曰廬山國學。宋初置為書院，益拓大之，太宗詔賜九經，稱白鹿洞國學，與長沙嶽麓書院、商邱應天書院、嵩山嵩陽書院，俱有名於天下。

❾教授先生：各軍設教授主持當地教育。當時南康軍的教授是楊大法。

❿講席：師儒講學的地方。

⓫顧惟庸虛：顧惟，自省之意。庸虛，平庸空虛。自忖庸下無學。

三，不得所請，取論語中一章，陳平日之所感，以應嘉命⑫；亦幸有以教之⑬！

子曰：「君子喻⑭於義，小人喻於利。」此章以義、利判⑮君子、小人，辭旨曉白。然讀之者，茍不切己觀省⑯，亦恐未能有益也。某平日讀此，不無所感。竊謂學者於此，當辨其志。人之所喻，由其所習，所習由其所志。志乎義，則所習者必在於義；所習在義，斯喻於義矣。志乎利，則所習必在於利；所習在利，斯喻於利矣。故學者之志，不可不辨也。

科舉取士⑰久矣，名儒鉅公⑱，皆由此出。今為士者，固不能免。然場屋⑲之得失，顧⑳其投與有司㉑好惡如何耳；非所以為君子、小人之辨也。而今世以此相尚㉒，使汩㉓沒於此而不能自拔，則終日從事者，雖曰聖賢之書，而要其志

⑫以應嘉命：嘉命，善意的命令。以回應這善意的命令。

⑬亦幸有以教之：也希望得到別人的指教。

⑭喻：明白，了解。

⑮判：分別，辨別。

⑯切己觀省：切身的反觀自我審察反省。

⑰科舉取士：科舉考試制度，舉拔人才的方式，始於唐朝。

⑱名儒鉅公：盛名的學者、王公大臣。

⑲場屋：貢院的別名，即考試場所。

⑳顧：只是。

㉑有司：指主考官。

㉒相尚：互相推崇。

㉓汩沒：汩字讀音ㄍㄨˇ。汩沒，沉淪的意思。

之所鄉㉔，則有與聖賢背而馳者矣。推而上之，則又惟官資崇卑，祿廩厚薄是計㉕，豈能悉心力於國事民隱，以無負於任使之者哉？從事其間，更歷㉖之多，講習㉗之熟，安得不有所喻？顧㉘恐不在於義耳。誠能深思是身，不可使之爲小人之歸，其於利欲之習，怛焉㉙爲之痛心疾首㉚；專志乎義而日勉焉，博學、審問、慎思、明辨而篤行之。由是而進於場屋，其文必皆道其平日之學，胸中之蘊㉛，而不詭㉜於聖人；由是而仕，必皆恭其職，勤其事，心乎國㉝，心乎民，而不爲身計，其得不謂之君子乎？

秘書先生起廢㉞以新斯堂，其意篤矣！凡至斯堂者，必不殊志；願與諸君勉之，以毋負其志！

㉔要其志之所鄉：要，探求。鄉，向。志之所向即志向。探求內心的志向。

㉕官資崇卑，祿廩厚薄是計：官位資歷的高低、奉祿厚薄是所計較的事。

㉖更歷：即經歷。

㉗講習：討論、研習。

㉘顧：只是。

㉙怛焉：怛字讀音ㄉㄚˊ。怛焉，是驚恐的樣子。

㉚痛心疾首：傷痛到了極點。

㉛胸中之蘊：胸中所蓄積蘊藏的學識情操涵養。

㉜詭：異，不同。違背之意。

㉝心乎國：用心於國家。

㉞起廢：重建。白鹿洞其後敗壞，夷為邱墟。宋孝宗淳熙五年，朱熹知南康軍，訪白鹿洞遺址，又以重建。故曰起廢。

問題與思考

1. 子曰：「君子喻於義，小人喻於利」（《論語・里仁》）；孟子曰：「魚我所欲也；熊掌亦我所欲也，二者不可得兼，舍魚而取熊掌者也。生亦我所欲也；義亦我所欲也，二者不可得兼，舍生而取義者也。」《孟子・告子上》。試就此二則文獻比較孔孟所言哲理之異同？

2. 請同學以「君子喻於義，小人喻於利」為題，分別以正反兩方進行課堂辯論。

〈錯斬崔寧〉

佚名

作者

本文為宋代的話本小說，選自《京本通俗小說》。民國四年繆荃孫在上海發現九篇古本宋話本小說，共收〈碾玉觀音〉、〈菩薩蠻〉、〈西山一窟鬼〉、〈志誠張主管〉、〈拗相公〉、〈錯斬崔寧〉、〈馮玉梅團圓〉等七篇，刊行題為《京本通俗小說》。收入《煙畫東堂小品》。據繆氏跋言，該書乃影元人寫本，唯不少研究者表懷疑。後經中外學者多方考訂，所謂《京本通俗小說》，實際上是輯錄明末馮夢龍所編的《警世通言》與《醒世恆言》數篇作品而成。

課文

聰明伶俐自天生，懵懂癡呆未必真。嫉妒每因眉睫淺，戈矛時起笑談深。

九曲黃河心較險，十重鐵甲面堪憎。時因酒色亡家國，幾見詩書誤好人。

這首詩，單表爲人難處：只因世路窄狹，人心叵測，大道❶既遠，人情萬端。熙熙攘攘，都爲利來；蚩蚩蠢蠢❷，皆納禍去。持身保家，萬千反覆。所以古人云：「顰有爲顰，笑有爲笑。顰笑之間，最宜謹愼。」這回書單說一個官人，只因酒後一時戲笑之言，遂至殺身破家，陷了幾條性命。且先引下一個故事來，權做個得勝頭迴❸。

我朝元丰年間，有一個少年舉子，姓魏名鵬舉，字沖霄，年方一十八歲。娶得一個如花似玉的渾家❹，未及一月，只因春榜動❺，選場開，魏生別了妻子，收拾行囊，上京應取。臨別時，渾家分付丈夫：「得官不得官，早早回來，休抛閃

---

❶大道：指歷史上或傳說中的太平盛世。

❷蚩蚩蠢蠢：喧擾忙亂的樣子。

❸得勝頭迴：宋人用語為「得勝頭迴」，明人稱為「入話」。說書人在開始時都要等一段時間來招攬聽眾，同時還要穩定已經到場的聽眾，說書人在開講正文前，先說一段小故事作為引子，再導出正文，稱為得勝頭迴。

❹渾家：妻子。

❺春榜動：科舉進士試的榜單，因於春季發佈，稱為春榜。春榜動，指科舉考期將至。

了恩愛夫妻。」魏生答道：「功名二字，是俺本領前程，不索賢卿憂慮。」別後登程到京，果然一舉成名榜上一甲第九名，除授京職，到差甚是華艷動人，少不得修了一封家書，差人接取家眷入京。書上先敘了寒溫❻及得官的事；後卻寫下一行道：「是我在京中早晚無人照管，已討了一個小老婆，專候夫人到京，同享榮華。」家人收了書程，一徑到家，見了夫人，稱說賀喜，因取家書呈上。夫人拆開看了，見是如此如此，這般這般，便對家人道：「官人直恁❼負恩。甫能得官，便娶了二夫人。」家人便道：「小人在京，並沒見有此事，想是官人戲謔之言。夫人到京，便知端的，休得憂慮。」夫人道：「恁地說，我也罷了。」卻因人舟未便，一面收拾起身，一面尋覓便人，先寄一封平安家信到京中去。那寄書人到了京中尋問新科魏進士寓所，下了家書，管待酒飯，自回不題。卻說魏生接書拆開來看了，並無一句閒言閒語，只說道：「你在京中娶了一個小老婆，我在家中也嫁了一個小老公，早晚同赴京師也。」魏生見了，也只道是夫人取笑的說話，全不在意。未及收好，外面報說有個同年相訪。京邸寓中，不比在家寬

❻寒溫：問候生活起居的問候語。

❼恁：音「ㄖㄣˋ」如此，那麼。

轉；那人又是相厚的同年，又曉得魏生並無家眷在內，直至裏面坐下。敘了些寒溫。魏生起身去解手，那同年偶翻桌上書帖，看見了這封家書，寫得好笑，故意朗誦起來。魏生措手不及，通紅了臉，說道：「這是沒理的事。因是小弟戲謔了他，他便取笑寫來的。」那同年呵呵大笑道：「這節事卻是取笑不得的。」別了就去。那人也是一個少年，喜談樂道，把這封家書一節，頃刻間遍傳京邸。也有一班妬忌魏生少年登高科的，將這樁事，只當做風聞言事的一個小小新聞，奏上一本，說這魏生年少不檢，不宜居清要之職，降處外任。魏生懊恨無及。後來畢竟做官蹭蹬❽不起，把錦片也似一段美前程，等閒放過去了。這便是一句戲言，撒漫❾了一個美官。

今日再說一個官人，也只爲酒後一時戲言，斷送了堂堂七尺之軀；連累二三個人，枉屈害了性命。卻是爲著甚的？有詩爲證：

世路崎嶇實可哀，傍人笑口等閒開。白雲本是無心物，又被狂風引出來。

❽蹭蹬：不順利。

❾撒漫：丟掉。

卻說高宗時，建都臨安，繁華富貴，不減那汴京故國。去那城中箭橋左側，有個官人，姓劉名貴，字君薦，祖上原是有根基的人家；到得君薦手中，卻是時乖運蹇[10]。先前讀書，後來看看不濟，卻去改業做生意。便是半路上出家的一般，買賣行中一發不是本等伎倆，又把本錢消折去了。漸漸大房改換小房，賃得兩三間房子。與同渾家王氏，年少齊眉。後因沒有子嗣，娶下一個小娘子，姓陳——是陳賣糕的女兒——家中都呼為二姐。這也是先前不十分窮薄的時做下的勾當。至親三口，並無閒雜人在家。那劉君薦極是為人和氣，鄉里見愛，都稱他：「劉官人，你是一時運限不好，如此落寞。再過幾時，定會有個亨通的日子。」說便是這般說，那得有些些好處？只是在家納悶，無可奈何。

卻說一日閒坐家中，只見丈人家裡的老王，年近七旬，走來對劉官人說道：「家中老員外生日，特令老漢接取官人娘子去走一遭。」劉官人便道：「便是我日逐愁悶過日子，連那泰山[11]的壽誕也都忘了。」便同渾家王氏，收拾隨身衣服，打疊個包兒，交與老王背了，分付二姐看守家中：「今日晚了，不能

[10] 時乖運蹇：時運不濟，處境艱困。

[11] 泰山：岳父。

轉回；明晚須索來家。」說了就去。離城二十餘里，到了丈人王員外家，敘了寒溫。當日坐間客眾，丈人女婿，不好十分敘述許多窮相。到得客散，留在客房裡宿歇。直到天明，丈人卻來與女婿攀話，說道：「姐夫，你須不是這般算計，『坐吃山空，立吃地陷。』『咽喉深似海，日月快如梭。』你須計較一個常便。我女兒嫁了你一生，也指望豐衣足食，不成只是這等就罷了。」劉官人歎了一口氣道：「是！泰山在上，道不得個『上山擒老虎易，開口告人難。』如今的時勢，再有誰似泰山這般憐念我的？只索守困。若去求人，便是勞而無功。」丈人便道：「這也難怪你說。老漢卻是看你們不過，今日齎⓬助你些少本錢，胡亂去開個柴米店，賺得些利息來過日子，卻不好麼？」劉官人道：「感蒙泰山恩顧，可知是好。」當下吃了午飯，丈人取出十五貫錢來，付與劉官人道：「姐夫，且將這些錢去收拾起店面。開張有日，我便再應付你十貫。你妻子且留在此過幾日，待有了開店日子，老漢親送女兒到你家，就來與你作賀，意下如何？」劉官人謝了又謝，馱了錢一逕出門，到得城中，天色卻早晚了。卻撞著

⓬齎：音ㄐㄧ。贈送。

一個相識，順路在他家門首經過。那人也要做經紀的人，就與他商量一會，可知是好。便去敲那人門時，裡面有人應諾，出來相揖，便問：「老兄下顧，有何見教？」劉官人一一說知就裏。那人便道：「小弟閒在家中，老兄用得著時，便來相幫。」劉官人道：「如此甚好。」當下說了些生意的勾當。那人便留劉官人在家，現成盃盤，吃了三杯兩盞。劉官人酒量不濟，便覺有些朦朧起來，抽身作別，便道：「今日相擾，明早就煩老兄過寒家計議生理。」那人又送劉官人至路口，作別回家，不在話下。

若是說話的同年生，並肩長攔腰抱住，把臂拖回，也不見得受這般災晦。卻教劉官人死得不如：

《五代史》李存孝⑬，《漢書》中彭越⑭。

⑬李存孝：唐末河東節度使李克用的養子，勇敢善戰，但為讒言中傷，被李克用處死。

⑭彭越：西漢開國功臣，封梁王，劉邦建立漢朝後，被誣告謀反，劉邦將其處死。

卻說劉官人馱了錢，一步一步捱到家中敲門，已是點燈時分。小娘子二姐，獨自在家，沒一些事做，守得天黑，閉了門，在燈下打瞌睡。劉官人打門，他那裡便聽見。敲了半晌，方纔知覺，答應一聲：「來了！」起身開了門。劉官人進去，到了房中，二姐替劉官人接了錢，放在桌上，便問：「官人何處挪移這項錢來，卻是甚用？」那劉官人一來有了幾分酒，二來怪他開得門遲了；且戲言嚇他一嚇，便道：「說出來，又恐你見怪；不說時，又須通你得知。只是我一時無奈，沒計可施，只得把你典與一個客人，又因捨不得你，只典得十五貫錢。若是我有些好處，加利贖你回來；若是照前這般不順溜，只索罷了。」那小娘子聽了，欲待不信，又見十五貫錢堆在面前；欲待信來，他平白與我沒半句言語，大娘子又過得好，怎麼便下得這等狠心辣手？狐疑不決，只得再問道：「雖然如此，也須通知我爹娘一聲。」劉官人道：「若是通知你爹娘，此事斷然不成。你明日且到了人家，我慢慢央人與你爹娘說通，他也須怪我不得。」小娘子又問：「官人今日在何處吃酒來？」劉官人道：「便是把你典與人，寫了文書，吃他的酒，纔來的。」小娘子又問：「大姐姐如何不來？」劉官人道：「他因不忍見你分離，待得你明日出了門纔來。這也是我沒計奈何，一言爲定。」說罷，暗地忍不住笑，不脫衣裳，睡在床上，不覺睡去了。那小娘子好生擺脫不下：「不知他賣我與甚色樣人家？我須先去爹娘家裏說知。就是他明日有人來要我，尋到我家，也須有個下落。」沉吟了一會，卻把這十五貫錢，一垛兒堆在劉官人腳後邊，趁他酒醉，輕輕的收拾了隨身衣服，款款的開了門出去，拽⑮上了門。卻去左邊一個相熟的鄰舍叫做朱三老兒家裏，與朱三媽借宿了一夜，說道：「丈夫今日無端賣我，我須先去與爹娘說知。煩你明日對他說一聲，既有了主顧，可同我丈夫到爹娘家中來討個分曉，也須有個下落。」那鄰舍道：「小娘子說得有理，你只顧自去，我便與劉官人說知就理。」過了一宵，小娘子作別去了，不題。正是：

鰲魚脫卻金鉤去，擺尾搖頭再不回。

放下一頭。卻說這裡劉官人一覺直至三更方醒，見桌上燈猶未滅，小娘子不在身

⑮拽：「ㄓㄨㄞˋ」，拖拉。

邊，只道他還在廚下收拾家伙，便喚二姐討茶吃。叫了一回，沒人答應，卻待掙扎起來，酒尚未醒，不覺又睡了去。不想卻有一個做不是的，日間賭輸了錢，沒處出豁，夜間出來掏摸些東西，卻好到劉官人門首，因是小娘子出去了，門兒拽上不關，那賊略推一推，豁地開了，捏手捏腳，直到房中，並無一人知覺。到得床前，燈火尚明。周圍看時，並無一物可取。摸到床上，見一人朝著裏床睡去，腳後卻有一堆青錢，便去取了幾貫。不想驚覺了劉官人，起來喝道：「你須不盡道理！我從丈人家借辦得幾貫錢來養身活命，不爭你偷了我的去，卻是怎的計結？」那人也不回話，照面一拳，劉官人側身躲過，便起身與這人相持。那人見劉官人手腳活動，便拔步出房。劉官人不捨，搶出門來，一徑趕到廚房裡，恰待聲張鄰舍，起來捉賊；那人急了，正好沒出豁，卻見明晃晃一把劈柴斧頭，正在手邊：也是人急計生，被他掉起一斧，正中劉官人面門，撲地倒了。又復一斧，斫倒一邊。眼見得劉官人不活了，嗚呼哀哉，伏惟尚饗！那人便道：「一不做，二不休，卻是你來趕我，不是我來尋你索命。」翻身入房，取了十五貫錢。扯條單被包裹得停當，拽扎得爽俐，出門拽上了門就走。不題。

次早鄰舍起來，見劉官人家門也不開，並無人聲息，叫道：「劉官人！失曉了！」裡面沒人答應，捱將進去，只見門也不關。直到裏面，見劉官人劈死在地。他家大娘子兩日家前已自往娘家去了；小娘子如何不見？免不得聲張起來。卻有昨夜小娘子借宿的鄰家朱三老兒說道：「小娘子昨夜黃昏時到我家宿歇，說道劉官人無端賣了他，他一徑先到爹娘家裡去了，教我對劉官人說，既有了主顧，可同到他爹娘家中，也討得個分曉。今一面著人去追他轉來，便有下落；一面著人去報他大娘子到來，再作區處。」眾人都道：「說得是。」先著人去到王老員外家報了兇信。老員外與女兒大哭起來，對那人道：「昨日好端端出門，老漢贈他十五貫錢，教他將來作本，如何便恁的被人殺了？」那去的人道：「好教老員外大娘子得知：昨日劉官人歸時，已自昏黑，吃得半酣，我們都不曉得他有錢沒錢，歸遲歸早。只是今早劉官人家門兒半開，眾人推將進去，只見劉官人殺死在地；十五貫錢一文也不見；小娘子也不見蹤跡。聲張起來，卻有左鄰朱三老兒出來，說道他家小娘子昨夜黃昏時分借宿他家。小娘子說道劉官人無端把他典與人了。小娘子要對爹娘說一聲，住了一宵，今日徑自去了。」如今眾人計議，一面來報大娘子與老員外；一面著人去追小娘子。若是半路裏追不著的時節，直到他爹娘家中，好歹追他轉來，問個明白。老員外與大娘子須索去走一遭，與劉官人執命。」老員外與大娘子急急收拾起身，管待來人酒飯；三步做一步，趕入城中不題。

卻說那小娘子清早出了鄰舍人家，挨上路去，行不上一二里，早是腳疼走不動，坐在路旁。卻見一個後生，頭帶萬字頭巾，身穿直縫寬衫，背上馱了一個搭膊⑯，裡面卻是銅錢，腳下絲鞋淨襪，一直走上前來。到了小娘子面前，看了一看，雖然沒有十二分顏色，卻也明眉皓齒，蓮臉生春，秋波送媚，好生動人！正是：

野花偏艷目，村酒醉人多。

那後生放下搭膊，向前深深作揖：「小娘子獨行無伴，卻是往那裡去的？」小娘子還了萬福道：「是奴家要往爹娘家去。因走不上，權歇在此。」因問：「哥哥是何處來？今要往何方去？」那後生叉手不離方寸：「小人是

⑯搭膊：長形布袋。

村裡人，因往城中賣了絲帳，討得些錢，要往褚家堂那邊去的。」小娘子道：「告哥哥則個，奴家爹娘也在褚家堂左側，若得哥哥帶挈奴家同走一程，可知是好。」那後生道：「有何不可。既如此說，小人情原伏侍小娘子前去。」兩個廝趕著一路，正行，行不到二三裡田地，只見後面兩個人，腳不點地趕上前來，趕得汗流氣喘，衣服拽開，連叫：「前面小娘慢走，我卻有話說知。」小娘子與那後生看見趕得蹺蹊，都立住了腳。後邊兩個趕到跟前，見了小娘子與那後生，不容分說，一家扯了一個，說道：「你們幹得好事。卻走往那裡去？」小娘子吃了一驚，舉眼看時，卻是兩家鄰舍，一個就是小娘子昨夜借宿的主人。小娘子便道：「昨夜也須告過公公得知，丈夫無端賣我，我自去對爹娘說知；今日趕來，卻有何說？」朱三老道：「我不管閑帳，只是你家裡有殺人公事，你須回去對理。」小娘子道：「丈夫賣我，昨日錢已馱在家中，有甚殺人公事？我只是不去。」朱三老道：「好自在性兒。你若眞個不去，……」叫起地方：「有殺人賊在此，煩爲一捉，不然，須要連累我們；你這裏地方也不得清淨。」那個後生見不是話頭，便對小娘子道：「既如此說，小娘子只索回去，小人自家去休。」那兩個趕來的鄰舍，齊叫起來，說道：「若是沒有你在此便罷；既然你與小娘子同行同止，你須也去不得。」那後生道：「卻也古怪！我自半路遇見小娘子，偶然伴他行一程，路途上卻有甚皀絲麻線⑰，要勒掯⑱我同去？」朱三老道：「他家有了殺人公事，不爭放你去了，卻打沒對頭官司。」當下怎容小娘子和那後生做主？看的人漸漸立滿，都道：「後生！你去不得。你日間不作虧心事，半夜敲門不吃驚，便去何妨。」那趕來的鄰舍道：「你若不去，便是心虛，我們卻和你罷休不得。」四個人只得廝挽著一路轉來。

到得劉官人門首，好一場熱鬧！小娘子入去看時，只見劉官人斧劈倒在地死了；床上十五貫錢，分文也不見。開了口合不得，伸了舌縮不上去。那後生也慌了，便道：「我恁的晦氣！沒來由和那小娘子同走一程，卻做了干連人。」眾人都和鬧著。正在那裡分豁不開，只見王老員外和女兒一步一顛走回家來，見了女婿身屍，哭了一場，便對小娘子道：「你卻如何殺了丈夫？劫了十五貫錢逃走出去？今日天理昭然，有何理說？」小娘子道：「十五貫錢委是有的。只是丈夫

⑰皀絲麻線：比喻牽連、糾葛的意思。

⑱勒掯：強迫。

昨晚回來，說是無計奈何，將奴家典與他人，典得十五貫身價在此，說過今日便要奴家到他家去。奴家因不知他典與甚色樣人家，先去與爹娘說知，故此趁夜深了，將這十五貫錢，一垛兒堆在他腳後邊，拽上門，到朱三老家住了一宵，今早自去爹娘家裡說知。我去之時，也曾央朱三老對我丈夫說，既然有了主兒，便同到我爹娘家裡來交割。卻不知因甚殺死在此？」那大娘子道：「可又來。我的父親昨日明明把十五貫錢與他馱來，作本養贍妻小，他豈有哄你說是典來身價之理？這是你兩日因獨自在家，勾搭上了人；又見家中好生不濟，無心守耐；又見了十五貫錢；一時見財起意，殺死丈夫，劫了錢，又使見識往鄰舍家借宿一夜，卻與漢子通同計較，一處逃走。現今你跟著一個男子同走，卻有何理說，抵賴得過？」眾人齊聲道：「大娘子之言，眞是有理。」又對那後生道：「後生，你卻如何與小娘謀殺親夫？卻暗暗約定在僻靜處等候，一同去逃奔他方，卻是如何計結？」那人道：「小人自姓崔名寧，與那個娘子無半面之識。小人昨晚入城賣得幾貫絲錢在這裏，因路上遇見小娘子，小人偶然問起往那裏去的，卻獨自一個行走。小娘子說起是與小人同路，以此作伴同行，卻不知前後因由。」眾人那裡肯聽他分說；搜索他搭膊中，恰好是十五貫錢，一文也不多，一文也不少。眾人齊發起喊來道：「是天網恢恢，疏而不漏。你卻與小娘子殺了人，拐了錢財，盜了婦女，同往他鄉，卻連累我地方鄰里打沒頭官司！」當下大娘子結扭了小娘子，王老員外結扭了崔寧，四鄰舍都是證見，一鬨都入臨安府中來。

那府尹聽得有殺人公事，即便陞堂，便叫一干人犯逐一從頭說來。先是王老員外上去告說：「相公在上。小人是本府村莊人氏，年近六旬，只生一女，先年嫁與本府城中劉貴爲妻；後因無子，取了陳氏爲妾，呼爲二姐。一向三口在家過活，並無片言。只因前日是老漢生日，差人接取女兒女婿到家住了一夜。次日因見女婿家中全無活計，養贍不起，把十五貫錢與女婿作本開店養身。卻有二姐在家看守。到得昨夜，女婿到家時分，不知因甚緣故，將女婿斧劈死了，二姐卻與一個後生，名喚崔寧，一同逃走，被人追捉到來。望相公可憐見老漢的女婿身死不明，姦夫淫婦，贓證見在，伏乞相公明斷！」府尹聽得如此如此，便叫：「陳氏上來！你卻如何通同奸夫殺死了親夫，劫了錢與人一同逃走？是何理說？」二姐告道：「小婦人嫁與劉貴，雖是個小老婆，卻也得他看承[19]得好；大

[19] 看承：對待。

娘子又賢慧；卻如何肯起這片歹心？只是昨晚丈夫回來，吃得半酣，馱了十五貫錢進門。小婦人問他來歷，丈夫説道爲因養贍不周，將小婦人典與他人，典得十五貫身價在此，又不通我爹娘得知，明日就要小婦人到他家去。小婦人慌了，連夜出門，走到鄰舍家裏，借宿一宵。今早一逕先往爹娘家去，教他對丈夫説：既然賣我有主顧，可到我爹娘家裏來交割。纔走得到半路，卻見昨夜借宿的鄰家趕來，捉住小婦人回來，卻不知丈夫殺死的根由。」那府尹喝道：「胡説！這十五貫錢，分明是他丈人與女婿的，你卻説是典你的身價，眼見的沒巴臂的説話了。況且婦人家如何黑夜行走？定是脱身之計。這樁事須不是你一個婦人家做的；一定有奸夫幫你謀財害命，你卻從實説來！」那小娘子正待分説，只見幾家鄰舍，一齊跪上去告道：「相公的言語，委是青天！他家小娘子昨夜果然借宿在左鄰第二家的，今早他自去了。小的們見他丈夫殺死，一面著人去趕，趕到半路，卻見小娘子和那一個後生同走，苦死不肯回來。小的們勉強捉他轉來，卻又一面著人去接他大娘子與他丈人，到時，説昨日有十五貫錢，付與女婿做生理的，今者女婿已死，這錢不知從何而去？再三問那個娘子時，説道他出門時，將這錢一垛兒堆在床上。卻去搜那後生身邊，十五貫錢分文不少。卻不是小娘子與那後生通同謀殺！贓證分明，卻如何賴得過！」府尹聽他們言言有理，便喚那後生上來道：「帝輦之下，怎容你這等胡行！你卻如何謀了他小老婆，劫了十五貫錢？殺死了親夫？今日同往何處？從實招來！」那後生道：「小人姓崔名寧，是鄉村人氏。昨日往城中賣了絲，賣得這十五貫錢。今早偶然路上撞著這小娘子，並不知他姓甚名誰，那裡曉得他家殺人公事？」府尹大怒，喝道：「胡說。世間不信有這等巧事，他家失去了十五貫錢，你卻賣的絲恰好也是十五貫錢，這分明是支吾的說話了。況且他妻莫愛，他馬莫騎，你既與那婦人沒甚首尾，卻如何與他同行共宿？你這等頑皮賴骨，不打如何肯招？」當下眾人將那崔寧與小娘子死去活來，拷打一頓。那邊王老員外與女兒併一干鄰右人等，口口聲聲咬他二人；府尹也巴不得了結這段公案拷訊一回，可憐崔寧和小娘子受刑不過，只得屈招了，說是一時見財起意，殺死親夫，劫了十五貫錢，同奸夫逃走是實。左鄰右舍都指畫了十字，將兩人大枷枷了，送入死囚牢裏。將這十五貫錢給還原主。——也只好奉與衙門中人做使用也還不夠哩！

府尹疊成文案，奏過朝廷，部覆申詳，到下聖旨，說崔寧不合奸騙人妻，謀財害命，依律處斬；陳氏不合通同奸夫殺死親夫，大逆不道，凌遲示眾。當下讀了招狀，大牢內取出二人來，當廳判一個「斬」字，一個「剮」字，押赴市曹行刑示眾。兩人渾身是口，也難分說。正是：

啞子漫嘗黃蘗味，難將苦口對人言。

看官聽說：這段公事，果然是小娘子與那崔寧謀財害命的時節，他兩人須連夜逃走他方，怎的又去鄰舍人家借宿一宵？明早又走到爹娘家去，卻被人捉住了？這段冤枉，仔細可以推詳出來。誰想問官糊塗，只圖了事，不想捶楚之下，何求不得？冥冥之中，積了陰騭[20]，遠在兒孫近在身。他兩個冤魂，也須放你不過，所以做官的切不可率意斷獄，任情用刑；也要求個公平明允。道不得個死者不可復生，斷者不可復續，可勝歎哉！閒話休題。

卻說那劉大娘子到得家中，設個靈位守孝，過日。父親王老員外勸他轉身[21]，大娘子說道：「不要說起三年之久，也須到小祥[22]之後。」父親應允自去。

[20] 陰騭：陰德、功德之意。

[21] 轉身：改嫁。

[22] 小祥：父母喪禮周年的祭祀。此指丈夫死後滿一年。

光陰迅速，大娘子在家，巴巴結結，將近一年。父親見他守不過，便叫家裡老王去接他來，說：「叫大娘子收拾回家，與劉官人做了周年，轉了身去罷。」大娘子沒計奈何，細思父言亦是有理；收拾了包裹，與老王背了，與鄰舍家作別，暫去再來。一路出城，正值秋天，一陣烏風猛雨，只得落路往一所林子去躲，不想走錯了路。正是：

豬羊入屠宰之家，一腳卻來尋死路。

走入林子裏來，只聽他林子背後大喝一聲：「我乃靜山大王在此。行人住腳，須把買路錢與我。」大娘子和那老王吃那一驚不小，只見跳出一個人來：頭帶乾紅凹面巾，身穿一領舊戰袍，腰間紅絹搭膊裹肚，腳下蹬一雙烏皮皂靴，手執一把朴刀。舞刀前來。那老王該死，便道：「你這剪徑㉓的毛團㉔。我須是認得你，做這老性命不著，與你兌了罷！」一頭撞去，被他閃過空；老人家用力猛

㉓剪徑：攔路搶劫。

㉔毛團：罵人畜牲之意。

了，撲地便倒。那人大怒道：「這牛子㉕好生無禮。」連搠㉖一兩刀，血流在地，眼見得老王養不大了。那劉大娘子見他兇猛，料道脫身不得，心生一計，叫做脫空計，拍手叫道：「殺得好。」那人便住了手，睜圓怪眼，喝道：「這是你甚麼人？」那大娘子虛心假氣的答道：「奴家不幸喪了丈夫，卻被媒人哄誘，嫁了這個老兒，只會吃飯。今日卻得大王殺了，也替奴家除了一害。」那人見大娘子如此小心，又生得有幾分顏色，便問道：「你肯跟我做個壓寨夫人麼？」大娘子尋思，無計可施，便道：「情願伏侍大王。」那人回嗔作喜，收拾了刀杖，將老王屍首攛入澗中；領了劉大娘子到一所莊院前來，甚是委曲。只見大王向那地上，拾些土塊，拋向屋上去，裡面便有人出來開門。到得草堂之上，吩咐殺羊備酒，與劉大娘子成親。兩口兒且是說得著。正是：

明知不是伴，事急且相隨。

㉕牛子：罵人像牛一樣。

㉖搠：刺、扎。

不想那大王自得了劉大娘子之後，不上半年，連起了幾主大財，家間也豐富了。大娘子甚是有識見，早晚用好言語勸他：「自古道：『瓦罐不離井上破，將軍難免陣中亡。』你我兩人，下半世也夠吃用了，只管做這沒天理的勾當，終須不是個好結果。卻不道是『梁園[27]雖好，不是久戀之家。』不若改行從善，做個小小經紀，也得過養身活命。」那大王早晚被他勸轉，果然回心轉意，把這門道路撇了，卻去城市間，賃下一處房屋，開了一個雜貨店。遇閒暇的日子，也時常去寺院中念佛赴齋。

忽一日在家閒坐，對那大娘子道：「我雖是個剪徑的出身，卻也曉得冤各有頭，債各有主。每日間只是嚇騙人東西，將來過日子，後來得有了你，一向不太順溜[28]，今已改行從善。閒來追思既往，正會枉殺了兩個人，又冤陷了兩個人，時常挂念。思欲做些功德超度他們，一向不曾對你說知。」大娘子便道：「如何是枉殺了兩個人？」那大王道：「一個是你的丈夫，前日在林子裡的時節，他來撞我，我卻殺了他。他須是個老人家，與我往日無仇，如今又謀了他老婆；他

[27] 梁園：指華麗的屋宇。西漢梁孝王所建，用來娛樂嘉賓的華麗苑圃。

[28] 順溜：順利。

死也是不肯甘心的。」大娘子道：「不恁的時，我卻那得與你廝守？這也是往事，休題了。」又問：「殺那一個又是甚人？」那大王道：「說起殺這個人，一發天理上放不過去──且又帶累了兩個人，無辜償命。是一年前，也是賭輸了，身邊並無一文，夜間便去掏摸些東西。不想到一家門首，見他門也不閂。推進去時，裡面並無一人。摸到門裏，只見一人醉倒在床；腳後卻有一堆銅錢。便去摸他幾貫。正待要走，卻驚醒了那人，起來說道：『這是我丈人家與我做本錢的，不爭你偷去了，一家人口都是餓死。』起身搶出房門。正待聲張起來。是我一時見他不是話頭，卻好一把劈柴斧頭在我腳邊，這叫做人急計生，掉起斧來，喝一聲道，『不是我，便是你。』兩斧劈倒。卻去房中將十五貫錢盡數取了。後來打聽得他，卻連累了他家小老婆，與那一個後生，喚做崔寧，冤枉了他謀財害命，雙雙受了國家刑法。我雖是做了一世強人，只有這兩樁人命是天理人心打不過去的；早晚還要超度他也是該的。」那大娘子聽說，暗暗地叫苦：「原來我的丈夫也吃這廝殺了！又連累我家二姐與那個後生無辜受戮。思量起來，是我不合當初做弄他兩人償命，料他兩人陰司中，也須放我不過。」當下權且歡天喜地，並無他話。

明日捉個空，便一逕到臨安府前叫起屈來。那時換了一個新任府尹，才得半月，正直陞廳，左右捉將那叫屈的婦人進來。劉大娘子到於階下，放聲大哭；哭罷，將那大王前後所爲怎的殺了我丈夫劉貴，問官不肯推詳含糊了事，卻將二姐與那崔寧朦朧[29]償命；後來又怎的殺了老王，奸騙了奴家，今日天理昭然，一一是他親口招承。伏乞相公高抬明鏡，昭雪前冤。」說罷又哭。府尹見他情詞可憫，即著人去捉那靜山大王到來，用刑拷訊，與大娘子口詞一些不差。即時問成死罪，奏過官裏。待六十日限滿，到下聖旨來：勘得靜山大王謀財害命，連累無辜，准律殺一家非死罪三人者斬加等決不待時；原問官斷獄失情，削職爲民；崔寧與陳氏枉死可憐，有司訪其家，量行優恤；王氏既係強徒威逼成親，又能伸雪夫冤，著將賊人家產一半沒入官，一半給與王氏，養贍終身。劉大娘子當日往法場上看決了靜山大王；又取其頭去祭獻亡夫，并小娘子及崔寧，大哭一場。將這一半家私捨入尼姑庵中。自己朝夕看經念佛，追薦亡魂，盡老百年而終。有詩爲證：

[29] 朦朧：糊里糊塗。

善惡無分總喪軀，只因戲語釀災危。勸君出話須誠實，口舌從來是禍基。

問題與思考

1. 從「錯」斬崔寧，以及其後情節「無巧不成書」的命運發展中，〈錯斬崔寧〉展現了那些社會或人性的問題？
2. 請將本文改寫成一篇社會事件的新聞報導，並為其下一個標題。同時，以學者／知識分子的角度撰寫一篇相關的評論。

〈四塊玉〉

（元）關漢卿

作者

關漢卿，元大都人（今北京）。生卒年不詳，約生於金末，卒於元成宗大德年間，享壽約八十多歲。他與馬致遠、白樸、鄭光祖合稱「元曲四大家」。所作雜劇今知有六十多種，其中包括《竇娥冤》等名作。散曲作品現存套數十餘套，小令五十餘首，大多保在楊朝英編的《陽春白雪》和《太平樂府》中。關漢卿對元代雜劇的繁榮發展影響很大。他的散曲多寫兒女情感、離愁別恨或閒逸自適之作。王國維在《宋元戲曲考》中指出：「關漢卿一空依傍，自鑄偉詞，而其言曲盡人情，字字本色，故當為元人第一。」關漢卿現存的十四本雜劇中，最著名首推〈感天動地竇娥冤〉一劇。

課文

南畝耕，東山臥，世態人情經歷多。
閒將往事思量過。
賢的是他，愚的是我，爭什麼？

問題與思考

1. 請說明，你對「賢的是他，愚的是我，爭什麼？」這句話的看法。你認為，這句話在今日的社會及生活裡適用嗎？
2. 你認為什麼是「閒適」？試說明什麼是閒適的生活態度？

〈超人的悲劇——悼一位朋友之死〉

王尚義

作者

王尚義（西元一九三六——一九六三年），河南省汜水縣人，臺灣大學醫學系畢業，民國五十二年八月因肝癌病逝，享年二十八歲。五〇年代的台灣青年經歷戰亂痛苦、國家分裂，對民族、社會和個人前途均感迷失；加上歐洲存在主義影響，使青年人對傳統價值起了懷疑。王尚義是現代主義者，更是自由主義者，敏感心靈深受時代的迷惘和失落，思索生命意義與民族前途，作品蘊含一種冷靜成熟的批判，充滿濃厚的人文關懷與思考，引起當代青年很大共鳴。著有《從異鄉人到失落的一代》、《野鴿子的黃昏》、《深谷足音》、《荒野流泉》、《野百合花》、《真實信徒》、《狂流》、《落霞與孤鶩》等。

課文

超人的悲劇——悼一位朋友之死

尼采❶說過：人的可愛，在於他是一種變遷和一種毀滅。

我和你認識是在前年的冬天，那時你發起紀念貝多芬的生辰，約朋友們一齊去欣賞貝氏的音樂，你預選了他的九大交響樂，三個小提琴協奏曲，幾個著名的奏鳴曲，約訂了一個以播放古典音樂著名的音樂室，準備花十二小時的時間，有系統地欣賞貝氏的作品。我從朋友處得了這個好消息，決定去參加。

❶尼采：「弗里德里希．威廉．尼采」（德語：Friedrich Wilhelm Nietzsche, 1844-1900年），德國著名的語言學家、哲學家、詩人、作曲家。尼采的著作對於宗教、道德、文化、哲學及科學等領域提出廣泛地批判，對於後代哲學，尤其是存在主義與後現代主義的發展影響極大。「超人」即是尼采提出的著名理論，他認為「超人」是人的理想典範，是最高道德的理想人格，超人具有一種全新道德，是最能體現生命意志的人，是一種徹底戰勝虛無主義的方法，能達到此境界的人，就是偉大的「超人」。

我去到的時候，正放著第三交響樂，我知道我來晚了。悄悄推門進去，當時的情景令我非常感動，樓上樓下擠得滿滿地，沒有座位的人站著聽，每一張面孔都深切的表露出內心的激盪和靈魂的交響，尤其是正中放著的那符經過精美布置的樂聖的畫像，給了我一個永遠難以抹滅的印象。

播放命運交響樂的時候，每個人都被那特有的力底旋律震撼了，很多人激動地站起來，很多人搖晃著拳頭，象徵著對命運的反抗，那時我看見一個神色激昂，滿目放射著熱情的光芒，不停地用雙手作著指揮的姿勢，有人告訴我，那就是你了。

爲了慶祝這次欣賞會的成功，會後朋友們提議去喝酒助興。路上，我們談了起來，由音樂談到人生，由人生談到愛情，談到貝多芬，你向我解釋你特別喜歡的幾首作品，著作的年月，作者的背景，演奏的情形，你對貝氏研究的那麼詳細，確實使我驚異，而最使我感動的，還是你的熱情，每一句話裡充滿著對藝術和生命的熱愛，常使你在談話間有不能自己的情緒，時而歡快時而憂鬱，那晚你喝很多酒還堅持送我回去，回去後我反覆地想，在這個動亂而沉悶的世界裡，多半的年輕朋友都被折磨的失了生氣，心上刻劃了皺紋，有深沉的沮喪和落寞之感，而你尚且保有年輕的朝氣，充沛的熱情，灑脫和豪邁的藝術氣質，不禁使我像在沙礫裡發現寶石那樣欣喜。

同樣的熱誠，同樣的興趣，奠立了我們友誼的根基。此後，我們常在一起談天、欣賞音樂，只要有演奏會，你一定來找我，我們共同消磨了許多淒寂的日子。

後來，我漸漸發現，你是個非常孤獨的人，你本來立志做水手，因爲未能如願，便跑來學歷史。天知道，死板的歷史和你的興趣相差多遠。不如願的學習常常苦惱著你，而你那種熱情豪放的舉止，脫塵違俗的詩人氣質，在你們同道的小圈子裡，常遭到同學們的誤解，於是你被孤立了。更不幸是你的家庭，你從小失去母親，這留給你心靈上永遠無法彌補的傷痛，這些不幸的因素，造成你內心的空虛和挫折，於是你到音樂裡去尋找充實的力量，到藝術裡尋找生活的慰藉。

除了音樂之外，你更喜歡知識，圖書館哲學和心理學的名著，你大多看過，你曾花一個暑假的時間，研究尼采的著作，他的超人思想，對你後來的觀念有極大的影響。

去年暑假，我突然在情緒上感到極大的幻滅，悲劇的意識侵蝕到我生命的根源，我開始看一點佛學的書籍，那時你對我說：「生、老、病、死苦嗎？這就是生命全部的意義，面對生活吧，生命是一件事實，也是一樁工作，要談到眞正的解脫，恐怕除了死之外，沒有其他辦法。何必呢？到宗教裡去尋求麻痺？」我知道你的意思，活著就勇敢地活，否定生活，就乾脆死去。可是我總覺得心靈的積壓太重，需要清釋一下，又爲了要避開一些東西，後來索性到廟裡暫住了一個時期，臨走前，你以超人的口吻鼓勵我說：「孤獨、放棄，俯視人間，以冷漠凝定的目光，回答生命的挑戰。」你原是那樣地充滿超然的狂放，有卑視人間苦難和虛無的力量。可是想不到，我從廟裡回來後，你也在研究佛書了，你告訴我那件在感情上折磨了你很久的事，已經結束了，你全然面對著空無，而開始承認人是無法超然的了。

你從原始佛教思想入手（你讀書的認眞態度是我一直佩服的），你開始就看英文的奧義書，你說爲了利用時間你通霄讀書，白天只睡四個鐘頭就夠了，你的身體雖然很好，可是我擔心反常的生活會影響你的精神，你說這樣做是要認眞抓住一些東西，有了抓東西的執著，心靈才會平靜，而平靜該是人生最大的幸福，我聽了也就安心了。

看完了奧義書，你不但沒有消沉，反而振作了起來，你了解了意志是一切創造的根本，而人的可貴也在於一種堅毅不拔的生的意志和誓不退避的決心。這種認識又鼓舞起你的熱情，你決定要考研究所，並把握著半年的時間，做專心考試的奉獻。

爲了怕打擾你，我們便很少見面了。這時我是很不穩定的。一方面意識到生命那無可抗拒的悲劇力量，傾向於否認和拋棄；另一方面，又不甘於失落那個創造和成功的希望，於是只好在寂幻的情緒裡飄浮，沒有根，也沒有目的。我身體本來不好，再加上這種心裡上的壓抑，健康的情形越來越壞，有一次偶然在街上碰到你，你關懷地勸我說：「這樣下去不行呀，樂觀一點吧！身體是本錢，我看你需要運動，早晚騰出點時間運動運動嘛！」我無奈地說：「唉，心情不行了，有時也想動，可老動不起來。」你想了想說：「這樣好了，暑假快到了，暑假我陪你去游泳，每天游兩個小時，包你身體練得又強又壯。」於是，我們就這樣決定了。

誰知道，一考完試，我就接到入伍通知，我要去接受軍事訓練，時間非常倉促，我立刻告訴你這個消息，那天下午，你提議到碧潭去划船，在湖上，你縱情地高歌，還特地爲我唱了一段歌劇裡浮士德的插曲。唱完，你激動地說：「我一直想做個流浪人，到各處去漂泊，所以做水手的念頭一直盤纏在我的心頭，我幻想有一天，漂流在遼闊的海上，萬里不羈地游蕩，死就死在海裡，不給人世留一點蹤跡。」

從碧潭回來，我又到你家，你送我一本《浮士德》，一瓶維他命B，你說：「希望你在軍營把他看完，還要把握機會鍛鍊身體。」我看你桌上堆滿了書，爲了考試，你也忍耐地死記那些枯燥的條約和年代，你內心的矛盾和傾軋是可以想到的，你帶著苦笑說：「最近我才養成一個習慣，睡覺前一定要燒一支香，枕邊放一朵小花，然後才能安然睡去。」我想你是在創造詩意，因爲孤獨的生活畢竟是需要點綴的，那晚我們一直談到深夜，臨走時，你緊握我的雙手，眼中閃著激動的光芒說：「我送你一句浮士德的話『讓我們一齊飛吧。』」

兩天後，我匆匆入了軍營，緊張的軍中生活使我竟抽不出空好好給你寫封信，而我也只接到過你一封短信，大意說你不準備進研究所了，你開始看存在主義。你說從孤獨裡來，仍要回到孤獨裡去。我當時很詫異，但也想不出什麼原因，也沒有心情來思考你的問題。

一個傍晚，我正享受晚餐後一點難得的閒暇，一位同來受訓的同學突然告訴我說聽說你自殺了，投海死的，當時我眞以爲他在開玩笑，沒有注意聽，也沒有追著問，我笑著把話題轉開去了。

過了幾天，臺北朋友來信，說你自殺，投海死的，還描繪你死後的情景，說在一個偏僻的海邊發現你的衣服和鞋子，還有一本齊克果的著作，我立時怔住了，「怎麼會呢？」「怎麼會呢？」……接連幾天我的心緒一直在試圖遺忘，試圖止住思想的鬱悒裡混過去的。

你出殯的日子，我本想回去看你的遺容，可是無法分身。心靈的悼念，一天天積壓在心理，每想起過去的事，常常不能自己。

後來我漸漸想到像你這樣的人，本來是很容易否定人生的，世間於你本沒有可資留戀的東西，你的枯寂的家庭，孤獨的生活，困擾的心靈，多少都隱約地沾染著死亡的氣息。而你的樂觀，你的豪放，不過是想掩飾你內心的空虛；你的熱情，你的勇敢，也不過是想藉以平衡自己的壓力。

多少年來，你一直在追求一種心靈的平衡，可是你豐富的熱情，易感激盪的性格，生活的與理念的執著，帶給你的盡是不息的傾軋和困惑。如今你死了，是你決定死亡，不是死亡決定了你，死亡是絕對的，我不知該賦予它何種意義，可是對掙扎著生活的人來講，至少那是一種值得嚮往的境界，何嘗不是超升，又何嘗不是眞實的解脱呢？在這個時代裡多少人被死的情緒抓的緊緊地，既不敢面對生活，又不敢面對死亡，又何嘗有你千分之一的勇氣？可是我畢竟不是超人，你的死帶給我很大的悽傷。

想想這幾年的生活：追求，幻滅，奮鬥，落空，滋生，熄滅，是我們鼓足了傻勁去肯定生命呢？還是生命以無比的冷酷否定了我們呢？可是什麼又是否定？否定的意義又在哪裡？不是正像一幅超意象派的畫，除了迷惑和困擾之外，我們又了解些什麼？

一切的宗教，實際上都是努力設法在一種痲痺的境界中殺死生命，因爲痛若不是生命的現象，而是生命的本質啊！

這樣說來，死亡是不足怕的了，可是，我依然很難過，（你該責罵我，爲了保護自己我變得自私了）我甚至不敢面對這樣殘酷的現實，我依然把你的死幻想成一個美妙的結局，只有這樣才可以稍微減輕一下感情的重擔，才可以繼續無恥的向生命行乞，這不是很可笑嗎？對於這樣無從說起的東西，我依然丟不掉那要批判一切的習氣，像那些滑稽的存在主義者，肯定「超驗自我的孤獨」，像那個怯懦而虛僞的尼采，說人的可愛在於他是一種毀滅和一種變遷……。

不過，你已經看清了一切，你會原諒我的……。

問題與思考

1. 尼采說過：「人的可愛，在於他是一種變遷，和一種毀滅。」縱觀全文，作者對這句話是認同還是反對？並請陳述你的觀點與看法。
2. 作者在文末批判存在主義及尼采，你是贊成或反對？又為什麼呢？

〈流浪者〉

白萩

作者

白萩（一九三七年—），本名何錦榮，臺灣臺中人，臺中商職畢業，經營廣告美術設計公司。一九五二年開始接觸新詩，嘗試創作新詩及散文，發表於臺中《民聲日報・副刊》。同年水彩畫參展獲特選。一九五四年看見《公論報》上的藍星週刊，開始大量詩創作及投稿。一九五五年以〈羅盤〉一詩獲中國文藝協會第一屆新詩獎，與林泠同被譽為天才詩人。一九五六年白萩曾加入紀弦「現代派」，一九六四年與林亨泰等人共同創組笠詩社，發行《笠》雙月刊，與韓日詩人合作，編輯出版《亞洲現代詩集》。一九五九年出版了第一本詩集《蛾之死》。曾獲吳三連文藝獎，葉石濤評論白萩詩作言：「白萩的詩富獨創性，語言鮮活，他是一位敏銳的詩人。」著有詩集《風的薔薇》、《天空象徵》、《白荻詩選》、《香頌》、《詩廣場》、《風吹才感到樹的存在》、《自愛》、《觀測意象》及詩論集《現代詩散論》等作品。

課文

望著遠方的雲的一株絲杉
望著雲的一株絲杉
一株絲杉
絲杉
在
地
平
線
上
一株絲杉
在
地
平

線
上
他的影子，細小。他的影子，細小
他已忘卻了他的名字。忘卻了他的名字，祇
站著。
祇站著。孤獨
地站著。站著。站著。
站著
向東方
孤獨的一株絲杉。

問題與思考

1. 這首圖像詩展現了何種生命處境和樣貌？
2. 流浪和旅行，在心態或作為上有何不同？獨自一個人時，孤獨和灑脫又有何差別呢？

〈月，闕也〉

張曉風

作者

張曉風（西元一九四一—），筆名曉風、桑科、可叵。江蘇銅山人，東吳大學中文系畢業，曾執教東吳大學、陽明大學，退休投身環保運動，曾獲中山文藝獎、國家文藝獎、吳三連文學獎，當選十大傑出女青年。文筆精美洗練，文氣剛柔並濟。余光中譽「筆如太陽之熱，霜雪之貞，篇篇有寒梅之香，字字若瓔珞敲冰。」著有《地毯的那一端》、《步下紅毯之後》、《再生緣》、《我在》、《我知道你是誰》、《玉想》、《你的側影好美》、《星星都到齊了》、《曉風小說集》、《武陵人》戲劇集等。

課文

「月，闕也」那是一本二千年前的文學專書的解釋。闕，就是「缺」的意思。

那解釋使我著迷。

曾國藩❶把自己的住所題作「求闕齋」，求缺？爲什麼？爲什麼不求完美？

那齋名也使我著迷。

「闕」有什麼好呢？「闕」簡直有點像古中國性格中的一部分，我漸漸愛上了闕的境界。

我不再愛花好月圓了嗎？不是的，我只是開始了解花開是一種偶然，但我同時學會了愛它們月不圓花不開的「常態」。

在中國的傳統裏，「天殘地缺」或「天聾地啞」的說法幾乎是毫無疑問地被一般人所接受。也許由於長期的患難困頓，中國神話對天地的解釋常是令人驚訝的。

❶曾國藩（西元一八一一－一八七二年）為自己書齋自署「求闕齋」。「闕」，即空缺之意。曾氏求闕源於《周易》，從讀《易》從中而生發感慨，領略「陰陽相生，一損一益」的自然之理，繼而悟出「物生而有嗜慾，好盈而忘闕」之規律；最後道出為防盈戒滿，故以「求闕」名其齋之用意。故曾氏特地寫了一篇文章，題為〈求闕齋記〉，說明為什麼要將居室命名曰「求闕齋」。

在《淮南子》裏，我們發現中國的天空和中國的大地都是曾經受傷的。女媧❷以其柔和的慈手補綴撫平了一切殘破。當時，天穿了，女媧煉五色石補了天。地搖了，女媧折斷了神鼇的腳爪墊穩了四極（多像老祖母疊起報紙墊桌子腿）。她又像一個能幹的主婦，掃了一堆蘆灰，止住了洪水。

中國人一直相信天地也有其殘缺。

我非常喜歡中國西南部有一少數民族的神話，他們說，天地是男神女神合造的。當時男神負責造天，女神負責造地。等他們各自分頭完成了天地而打算合在一起的時候，可怕的事發生了；女神太勤快，她們把地造得太大，以至於跟天沒辦法合得起來了。但是，他們終於想到了一個好辦法，他們把地折疊了起來，形成高山低谷，然後，大地才慮合起來了。

❷女媧：《淮南子．覽冥訓》：「女媧煉五色石以補蒼天，斷鰲足以立四極，殺黑龍以濟冀州，積蘆灰以止淫水。」又《山海經．卷之十六》：「女媧，古神女而帝者也。人面蛇身，一日之中七十變。」女媧是中國歷史神話傳說中的一位女神，與伏羲為兄妹。人首蛇身，相傳曾煉五色石以補天，並摶土造人，制嫁娶之禮，延續人類生命，造化世上生靈萬物。女媧是中國上古神話中的創世女神，傳說女媧補天，即自然界發生了一場特大災害，天塌地陷，猛禽惡獸都出來殘害百姓，女媧熔鍊五色石來修補蒼天。

是不是西南的崇山峻嶺給他們靈感，使他們想起這則神話呢？

天地是有缺陷的，但缺陷造成了縐褶，縐褶造成了奇峰幽谷之美。月亮是不能常圓的，人生不如意事十常八九，當我們心平氣和地承認這一切缺陷的時候，我們忽然發覺沒有什麼是不可以接受的。

在另一則漢民族的神話裏，說到大地曾被共工氏撞不周山時撞歪了——從此「地陷東南」，長江黃河便一路浩浩淼淼地向東流去，流出幾千里地驚心動魄的風景。而天空也在當時被一起撞歪了，不過歪的方向相反，是歪向西北，據說日月星辰因此嘩啦一聲大部分都倒到那個方向去了。如果某個夏夜我們抬頭而看，忽然發現群星灼灼然的方向，就讓我們相信，屬於中國的天空是「天傾西北」的吧！

五千年來，漢民族便在這歪倒傾斜的天地之間挺直脊骨生活下去，只因我們相信殘缺不但是可以接受的，而且是美麗的。

而月亮，到底曾經眞正圓過嗎？人生世上其實也沒有看過眞正圓的東西，一張蔥油餅不夠圓，一塊鎳幣也不夠圓，即使是圓規畫的圓，如果用高度顯微鏡來看也不可能圓得很完美。

眞正的圓存在於理念之中，而在現實的世界裏，我們只能做圓的「複製品」。就現實的操作而言，一截圓規上的鉛筆心在畫圓的起點和終點時，已經粗細不一樣了。

所有的天體遠看都呈球形，但並不是絕對的圓，地球是約略近於橢圓形。就算我們承認月亮約略的圓光也算圓，它也是「方其圓時，即其缺時」。有如十二點正的鐘聲，當你聽到鐘聲時，已經不是十二點了。

此外，我們更可以換個角度看。我們說月圓月闕其實是受我們有限的視覺所欺騙。有盈虛變化的是月光，而不是月球本身。月何嘗圓，又何嘗缺，它只不過像地球一樣不增不減的兀自圓著——以它那不十分圓的圓。

花朝月夕，固然是好的，只是眞正的看花人那一刻不能賞花？在初生的綠芽嫩嫩怯怯的探頭出土時，花已暗藏在那裏。當柔軟的枝條試探地在大氣中舒手舒腳時，花隱在那裏。當蓓蕾悄然結胎時，花在那裏。當花瓣怒張時，花在那裏。當香銷紅黯委地成泥的時候，花仍在那裏。當一場雨後只見滿叢綠肥的時候，花還在那裏。當果實成熟時，花恆在那裏，甚至當果核深埋地下時，花依然在那裏……。

或見或不見，花總在那裏。或盈或缺，月總在那裏。不要做一朝的看花人吧！不要做一夕的賞月人吧！人生在世那一刻不美好完滿？那一剎不該頂禮膜拜感激歡欣呢？

因爲我們愛過圓月，讓我們也愛缺月吧——它們原是同一個月亮啊！

問題與思考

1. 為什麼作者愛上「闕」的境界？「月」字的解釋，與中國神話對天地形貌的解釋有什麼相通之處？試略加說明。
2. 張曉風：「月總在那裏，不要做一朝的看花人吧！不要做一夕的賞月人吧！」試述這話有何含意？請舉例並加以說明。

〈百步蛇死了〉

莫那能

作者

本文選自莫那能詩集《美麗的稻穗》。莫那能（西元一九五六—），族名為馬列雅弗斯・莫那能，漢名曾舜旺，臺東縣達仁鄉排灣人。國中畢業後，為了生計，十六歲的莫那能離開家鄉到外地工作，為了活下去，他做過砂石工、捆工、搬運工、殯儀館的屍體清洗工和牛郎。他的雙眼在一九八二年，他二十三歲時，視力已將近完全喪失。一九八四莫那能的詩作刊登於《春風詩刊》，刊出後立即受到臺灣詩壇矚目，他是第一位用漢字寫出臺灣原住民族詩歌的原住民族詩人，詩作內容多書寫原住民辛酸的生存困境。《美麗的稻穗》則是臺灣原住民第一本漢語詩作，出版於一九八九年。他曾應邀至美國愛荷華大學及日本訪問，並獲得一九八九年「關懷臺灣基金會」文化獎助。他曾說，他寫作最大的心願是：「在絕望中找到希望，在悲憤中獲得喜悅」。莫那能不但用詩為原住民族的苦難發聲；更積極投入原住民族和殘障者爭取權益的運動。

課文

百步蛇死了
裝在透明的大藥瓶裡
瓶邊立著「壯陽補腎」的字牌
逗引著在煙花巷口徘徊的男人
神話中的百步蛇死了
牠的蛋曾是排灣族人信奉的祖先❶
如今裝在透明的大藥瓶裡
成爲鼓動城市慾望的工具
當男人喝下藥酒

❶ 排灣族人信奉的祖先：排灣族視百步蛇為守護神，自稱是百步蛇之子。在其日常生活用品、藝術創作、服飾刺繡中，處處可以看見排灣族關於百步蛇圖騰。百步蛇的蛋為排灣族祖先的傳說，一說，太陽產下兩個紅白顏色的蛋，並且指定百步蛇保護它們，兩個蛋孵出一男一女，這兩個人就是排灣族貴族的祖先。另一說法是兩個蛋孵出「兩個神」，即排灣族的祖先。另一說為天上的星星，（或隕石）落在地球後由百步蛇守護著，孵出一男一女，即為排灣族的祖先。

挺著虛壯的雄威深入巷內
站在綠燈户門口迎接他的
竟是百步蛇的後裔
——一個排灣族的少女

問題與思考

1. 在許多國家或社會中都有種族或族群問題，請討論它們產生的原因，並說明如何減少族群衝突，使社會國家更和諧。
2. 原住民或許多原始部落都有許多圖騰，請舉例，並說明象徵意義。

延伸閱讀

1. 顏崑陽《人生因夢而真實：我讀莊子》，臺北，漢藝色研出版，一九九二年。
2. 朱少麟《傷心咖啡店之歌》，臺北，九歌文化出版社，一九九六年。
3. 謝旺霖《轉山：邊境流浪者》，臺北，遠流出版社，二〇〇八年。
4. 齊邦媛《巨流河》，臺北，天下文化出版社，二〇〇九年。
5. 曾昭旭《因為愛，所以我存在》，臺北，健行文化出版社，二〇〇九年。
6. 瓦歷詩．諾幹《當世界留下二行詩》，臺北，布拉格文化出版社，二〇一一年。

單元作業

「生命的書寫——寄一封信給未來的自己」——體驗從外部觀點及內部觀點認識自己。請訪談家族、父母、朋友，傾聽認識「他人眼中的自己」，反芻生命當下的處境與存在哲思，再由「自我認知的自己」以散文形式書寫，建構生命藍圖，進而展望人生未來開創的意義價值。

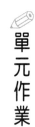

單元三

自然與生態書寫

導讀

《莊子・內篇・應帝王》節錄／（戰國）莊周

〈歸園田居・其一〉／（晉）陶淵明

〈如夢令〉／（宋）李清照

〈擬〈石壕吏〉奉呈國光石化決策者〉／陳義芝

〈隱逝於福爾摩沙山林〉／劉克襄

〈下水〉／廖鴻基

導讀

王國維《人間詞話》：「一切景語皆是情語」，感受著每個剛冒的新芽或每朵鮮花細微的震動，彷彿能暫時擺脫黏身的現實，修復被現實利刃狠狠劃開的傷口。如面對頻繁的戰亂與險惡的政局，陶淵明誤入塵世羅網，無力撥亂反正，只好走上消極反抗之路，「逃祿歸耕」成了他的選擇，也使他得到「隱逸詩人之宗」的稱號。在現存一百多首的詩作中，多表現鄉居生活的淳樸與田園景物的可愛。在榆柳與桃李的陪伴下，看著輕柔的炊煙飄蕩，聽著狗吠雞鳴，感受土壤的溫度與生命的真實，事簡人靜，舒緩從容，別有一番況味。由於他親自體驗農村生活，因此，對勞動的甘苦是真情實感，也在平淡的生活中咀嚼出不平淡的滋味。不但構築出一幅幅詩情畫意的景象，同時為置身於大自然中悠然自得的寫照，充分流露出無官一身輕的清閒之樂。對田園的吟詠，蘊含人生哲理，如此閒適令人嚮往，也是人間最美的企盼，讓我們看見並得以想像現實中的匱缺，一切都如美麗的畫卷徐徐展開。身處現代都市的人們，常因擠迫的生活而疲憊勞累，所以更渴望心靈的釋放與鬱壘的銷卸，可惜，有許多人選擇在虛擬的網路世界經營農場，企圖與自然有所連結，卻徒顯虛空。

而在李清照的〈如夢令〉裡，描繪一位少女遊覽溪亭，因喝醉晚歸，誤入荷花叢中，在划船掙脫之際，驚起一灘鷗鷺的景象，景真，情亦真。從「日暮」的霞光變化，到「爭渡」時激起的波浪，最後鷗鳥的翻飛迴旋，這樣美好的圖象，引人遐想，充滿生機的氛圍也具有強烈的感染力。從中可看出詞人活潑爽朗，不但賞景覽勝，也追求精神生活，遊玩的喜悅在字裡行間不斷迸發，同時表露對大自然的熱愛，怡然自得。但是，要如何享受自然賦予的快樂，而不要對世間利益汲汲營營則非易事。《莊子．應帝王》中，以「盡其所受乎天，而無見得」提醒人們要淡泊無所求，方能超然萬物之上而不受萬物的傷害，展現出一種自適超然的懷抱，並重省自我的生命課題。不過，人為的造作將破壞純樸的天性與幸福的生活，如《莊子》寓言中的儵、忽之於渾沌。

時至今日，在工業污染、農藥污染的多重肆虐下，溪流與田野的生機近乎死滅殆盡，顯得寂靜。隨著季節遞嬗，依舊寂靜得令人害怕，甚至連孩童奔跑的身影與嬉戲的歡叫聲也不復存在。工業禍害污染河川、空氣以及土壤，嚴重破壞自然生態，至為明確、無可爭辯。因此，如陳義芝等有識之士努力抗爭、理直氣壯要求改善，以如椽之筆對環境的變化大聲疾呼、嚴厲控訴，期望所言不會湮沒在政治算計、財團貪婪、逸樂盲從等滔滔洪流中。在〈擬〈石壕吏〉奉呈國光石化決策者〉中可看到所有的企盼，來自對現實生活的無奈。詩中對經濟發展造成臺灣自然與人文環境的破壞，予以檢視批判，同時寄予豐沛的情感，訴說對這片土地的深情。正如美國作家李奧帕德（Aldo Leopald）在《沙郡年記》所言：「對自然景觀的鑒賞與喜愛，就是實踐大地倫理的要素：倘使人們對土地沒有懷著喜愛、尊敬和讚嘆之情，或者不重視土地的價值，那麼，人和土地之間的倫理關係是不可能存在的。（頁二二三）」國光石化開發案最後的終止，不但還給居民美好的空間，也令人重新省視土地的價值。

曾被喚為福爾摩沙的臺灣，有著令人驕傲的山林與海洋。在劉克襄的〈隱逝於福爾摩沙山林〉中，以平實易讀的文字，拓展了自然書寫的範疇，展開臺灣這塊土地和人物的精湛對話，文中描述面臨喪子之痛的魯本，說出「我很欣慰，自己孩子的最後，是在臺灣的山區結束。」，使人動容。而海洋文學作家廖鴻基，則是在遼闊的大海刻畫生命的軌跡，在文字中蘊含對於人與動物、海洋、大自然的關注與獨特的觀察，讀之讓人倍感溫暖，也得以了解人海互動的真摯與敬畏。誠如《鯨生鯨世・再版序》：「人是陸生動物，鯨豚是海洋哺乳動物，以高山大海為最大特色的臺灣海島，過去，海陸相隔，兩種動物間的關係並不友善。《鯨生鯨世》出版後，彼此之間出現了和善的新關係。我們終於慢慢學會，以不同的視野和態度對待人世以外、陸地以外更廣浩的大洋環境。（頁八）」綜上，大自然的一切都能成為激發深層人文思索的起點，也令我們對生態資源與自然間緊密的依存關係有更進一步的理解與體會。

《莊子・內篇・應帝王》節錄

（戰國）莊周

作者

莊周，戰國宋國蒙人，生卒不詳。嘗為漆園吏，約與孟子、梁王、齊宣王同時。一生無意宦途，逍遙自適，寧處汙瀆之中，也不願應楚威王卿相之聘。於學無所不窺，任其自然，無用終歸有用，無為要能守宗，要本歸於老子，後世並稱為「老莊」，是道家學派的代表人物。據傳嘗隱居南華山，故唐玄宗天寶初，詔封莊周為南華真人，稱其著書《莊子》為南華經。《漢書・藝文志》著錄有五十二篇，今存三十三篇，共分內篇七、外篇十五、雜篇十一。

課文

無爲名尸❶，無爲謀府❷，無爲事任❸，無爲知主❹。體盡無窮，而遊無朕❺；盡其所受乎天，而無見得，亦虛而已！至人之用心若鏡，不將❻不迎，應❼而不藏，故能勝物❽而不傷。

南海之帝爲儵❾，北海之帝爲忽，中央之帝爲渾沌。儵與忽時相與遇於渾沌之地，渾沌待之甚善。儵與忽謀報渾沌之德，曰：「人皆有七竅以視聽食息❿，此獨無有，嘗試鑿之。」日鑿一竅，七日而渾沌死。

❶名尸：名聲的主人。尸：主，引申為寄託之意。
❷謀府：運用智謀的地方。
❸事任：即「任事」，承擔事務。
❹知主：智慧的主人。知：智。
❺無朕：虛無清靜的境界。
❻將：送。
❼應：映照。
❽勝物：超越萬物。
❾儵：與「忽」皆有匆匆之意，表示人間的紛擾多為。
❿息：呼吸。

問題與思考

1. 人與生靈萬物，應該如何共生共樂？試就個人體會抒發己意。
2. 儵、忽為了報答渾沌「待之甚善」，而改變渾沌的自然狀態，造成「愛之適足以害之」的後果。在你的生活周遭，是否也有類似的例子？

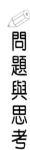

〈歸園田居・其一〉

（晉）陶淵明

作者

陶淵明（約西元三六五年－四二七年），名潛，或名淵明，字元亮，自號五柳先生，私諡靖節先生。潯陽柴桑人，晉代文學家。陶淵明出身沒落的官宦家庭，早年曾任江州祭酒等小官，四十一歲時，迫於生活，出任彭澤縣令。到職八十五天，因「不為五斗米折腰」而辭官，從此隱居不仕。據宋代吳仁傑《陶靖節先生年譜》，〈歸園田居五首〉作於晉安帝義熙二年（西元四〇六年），即陶淵明辭去彭澤令歸田後的第二年。他以清新自然的詩文著稱於世，在駢儷風行的時代，獨樹一幟，影響深遠，被稱為田園詩人之祖，隱喻詩人之宗。

課文

〈歸園田居．其一〉❶

少無適俗韻，性本愛丘山。誤落塵網中，一去三十年。
羈鳥戀舊林，池魚思故淵。❷開荒南野際，守拙歸園田。
方宅十餘畝，草屋八九間。榆柳蔭後簷，桃李羅堂前。
曖曖❸遠人村，依依墟里煙。狗吠深巷中，雞鳴桑樹巔。
戶庭無塵雜，虛室❹有餘閒。久在樊籠❺裡，復得返自然。

❶歸園田居：〈歸園田居〉共五首，寫作背景為陶淵明厭惡官場汙濁，喜好自由生活，於是辭去彭澤令，隱居躬耕後所作。主要描述「復得返自然」的怡然，以及鄉居樂趣。

❷羈鳥戀舊林，池魚思故淵：羈鳥、池魚比喻仕途的束縛，舊林、故淵比喻田園生活的愉悅。此句表達對歸隱的依戀與思念。

❸曖曖：昏暗不明的樣子。

❹虛室：即心。《莊子．人間世》：「虛室生白。」司馬彪注：「室，比喻心，心能空虛，則純白獨生也。」

❺樊籠：關養鳥獸的籠子，比喻官場。

問題與思考

1. 近年來，有越來越多的年輕人選擇投入農作，形成「農青下鄉」的現象。對此，你有什麼看法？
2. 在面對紛擾的現實生活時，你是否曾找尋心靈的避風港，以求慰藉？那是個怎樣的地方？

〈如夢令〉

（宋）李清照

作者

李清照，生於北宋神宗元豐七年（西元一〇八四年），卒於宋高宗紹興二十五年（一一五五年），山東濟南人，號易安居士。出生書香世家，其父李格非官至禮部員外郎。十八歲時與太學生趙明誠結婚，兩人共研金石。詞作以南渡前後為分別：前期多寫少女情懷與活動，後期則以離愁別緒為主。《四庫全書總目提要》云：「清照以一婦人，而詞格乃抗軼周、柳，雖篇帙無多，固不能不寶而存之，為詞家一大宗矣。」現存有《漱玉詞》。

課文

〈如夢令〉❶

常記溪亭❷日暮，
沉醉❸不知歸路。
興盡晚回舟，
誤入藕花深處。
爭渡❹，爭渡，
驚起一灘鷗鷺。

❶如夢令：詞牌名，選自《漱玉詞》。
❷溪亭：溪邊的亭子，一說為濟南七十二名泉之一。
❸沉醉：大醉。晏幾道〈阮郎歸〉有「欲將沉醉換悲涼，清歌莫斷腸」句。
❹爭渡：奮力划船。

問題與思考

1. 李清照在溪亭飲酒至醉，興盡晚歸，不但看見充滿動態美的景象，喜悅之情亦表露無遺。你是否也曾在偶然的機會下，邂逅令人難忘的景象？
2. 歐陽脩〈采桑子〉有「驚起沙禽掠岸飛」句，李珣〈漁歌子〉有「下長汀，臨淺渡。驚起一行鷗鷺」，李清照〈如夢令〉則云：「驚起一灘鷗鷺」。以上詞句有何共通點？皆塑造怎樣的藝術特色？

〈擬〈石壕吏〉奉呈國光石化決策者〉

陳義芝

作者

陳義芝，一九五三年生於臺灣花蓮。高雄師大國文系博士。一九九七—二〇〇七年任聯合報副刊主任，現於臺灣師範大學國文系任教，主講現代文學。出版詩集《青衫》、《新婚別》、《不能遺忘的遠方》、《不安的居住》、《我年輕的戀人》等，早期詩作從傳統的抒情出發，表現出溫柔敦厚的風格；中年後在題材開拓和意象處理上表現出現代人幽微的情感。另有散文集、論著、編選十餘種。曾獲時報文學推薦獎、聯合報最佳書獎、中山文藝新詩及散文二項大獎、榮後基金會臺灣詩人獎。

課文

擬〈石壕吏〉❶奉呈國光石化❷決策者

我站在芳苑❸海堤
瞭望萬頃的泥灘濕地❹
糯米粉般細黏的黑泥來自
濁水溪的孕育
潮水定時逡巡❺，安撫

❶石壕吏：是唐代詩人杜甫所做的五言古詩。通過石壕吏夜捉人之事，揭露封建統治者的殘暴，反映了唐代安史之亂帶給人民的深重災難，表達了詩人的深切同情。

❷國光石化：國光石化公司在二〇〇五年提出的大型石化投資開發案，原先預計在雲林離島工業區興建石化工業區，後因環評未通過而於二〇〇八年轉往彰化。二〇一一年因環評問題而在臺終止。

❸芳苑：位於臺灣彰化縣，西濱臺灣海峽。

❹濕地：位於陸生生態系統和水生生態系統之間的過渡性地帶。

❺逡巡：徘徊不前。如：《聊齋志異》：「俛首驟入，勿逡巡！」

萬頃的泥灘濕地來自
天地所賜予，由日神和月神共同守護
海浪離岸六公里
王功在北，大城在南
共擁肥沃無邊的濕地

讓蚵架築起鮮蚵的家
讓大眼蟹彈塗魚文蛤各自
聚集子孫的部落
讓度冬的候鳥乘著季風來
白鷺鷥帶著田疇的氣息飛
讓白海豚的航道永遠存在
這是生養我們的家園，歲月悠遠
百姓的海岸穀倉

瞭望萬頃的泥灘濕地
我站在芳苑海堤，往南望是大城
再南是已遭六輕❻侵凌的麥寮
高聳的煙囪噴吐著芳香烴
輕油裂解無饜地
汲吸著濁水溪

鍋爐燃燒，日夜網羅著百姓
以灰黑的懸浮微粒
以濃濁的二氧化碳
以廉價施捨的補償金

以無人能解答的問題

❻六輕：指國內第六座輕油裂解廠，投資廠商為臺塑企業，設廠地點在雲林離島工業區麥寮區。

以謊言

淪陷的麥寮人你想不想越界到大城
圍城的大城人你想不想越界到芳苑
無辜的芳苑漁民你要靠什麼
守護家園的邊界
不讓芳苑的海堤也失守
不讓萬頃的泥灘濕地也葬送

暴露在天底，萬頃的泥灘
這裡是彰化濕地
六公里外的海浪發出白色的嘆息
綿長的海堤不出聲，但卻是
百姓命運與共的生死線
暴露在天底，萬頃的泥灘

引來了太多金錢的覬覦❼

太多的山林被強暴
太多的海域被汙染
一輕二輕，石化
中油林園，石化
觀音頭份，石化
大社仁武，石化
高雄五輕，石化
麥寮六輕，石化
從北到南都石化
我們的心肺眼光和慾望，石化

❼覬覦：希望得到不該擁有的東西。

我凝注手裡的一片樟葉
站在芳苑海堤細嗅台灣的呼吸
在風中，清楚地聽到世代生養於此的人
述說自己如螞蟻般卑微的心
天地賜予他們臨海的穀倉
海洋允諾他們最初也是最終的哺育
從阿祖的阿祖到阿公的阿公
始終是大杓鷸[8]的家小燕鷗的家
沙蠶[9]與石首魚[10]的家
不是輕油裂解水泥石化的家
凝注手裡的一片樟葉細嗅

[8] 大杓鷸：鷸科中體型最大的一種，主食為海岸泥灘之底棲生物貝類、蟹類。

[9] 沙蠶：環節動物門多毛綱遊行目。體扁長，長約十餘公分，呈淡紅色，似蜈蚣而細長。棲息於海濱泥沙中，可用為釣餌。

[10] 石首魚：內耳各有三塊大形耳石，故稱為「石首魚」。體長、側扁，腹部黃色，肉細嫩。一般棲息於暖海或熱帶沿海的中、下層，以蝦類、小魚等為食。

我站在芳苑海堤強力呼吸
海洋的氣息
世上罕見的泥灘濕地在這裡
潮汐定時逡巡，安撫
萬頃無語
不忍遽然離去

二〇一一年三月七日受吳晟、吳明益邀，探看國光石化預定地。萬頃泥灘蘊藏著豐富的生態，水中蚵架、膠筏風光無限，地理奇特，不僅爲生民世代生養而已。站在芳苑海堤瞭望，任誰都難以想像，泥灘一旦遭無情與無知破壞，天地將如何嗚咽。想起杜甫詩「有吏夜捉人」對爲政者的吶喊，謹做信實紀錄如詩。

問題與思考

1. 若要你放棄現代社會中便利的一切，如不用瓦斯、石油，也沒有手機、電腦與電視，但卻能過著一種絕對不污染環境的生活，你願意嘗試嗎？
2. 開發濕地可獲得龐大的利益，卻可能危害該區域的生態，那麼，應該如何在利用資源與保護環境之間取得平衡？

〈隱逝於福爾摩沙山林〉

劉克襄

作者

劉克襄（西元一九五七年一月八日—），臺灣臺中縣人，本名劉資愧，作家、自然觀察解說員。曾擔任《台灣日報》、《中國時報》美洲版、《中國時報》等副刊編輯等職。榮獲吳三連文學獎、中國時報敘述詩推薦獎、台灣詩獎、台灣自然保育獎。著有《野狗之丘》、《座頭鯨赫連麼麼》、《山黃麻家書》、《少年綠皮書》、《望遠鏡裡的精靈—台灣常見鳥類的故事》、《11元的鐵道旅行》、《永遠的信天翁》、《十五顆小行星》等書。

課文

「Jody」，從你的留言，我第一次注意到江蕙的英文名字。

那是一九九九年初，冬末春初之交，你，費爾・車諾夫斯基，一名聽不懂台語和國語的外國人，飄泊於阿里山❶山區時，不斷地聽到了，各地都在播放著她的閩南語歌曲。

我對照了歷年江蕙的歌唱作品，那時她正巧出版了《半醉半清醒》。在這張睽違二年多的專輯裡，江蕙的唱腔首度融入生活況味，擺脫了傳統閩南語歌曲的苦情風格。你後來購買的想必就是這一張吧。

你就這樣反覆聆聽著江蕙的歌曲，壓抑著悲傷，一邊繼續在這個異國的偏遠森林，尋找你失蹤的孩子，魯本。雖然江蕙被譽爲「台灣人最美的聲音」，但我從未想過她的歌曲竟能安撫一名異鄉者的失子之痛，而你似乎從第一回聽到時，就獲得了幽微的鼓舞力量，因而牢記著它了。

記得初次遇見你在奮起湖。那天我坐在月台上，正準備享用著名的火車便當。才打開熱騰騰的飯盒，遠遠地便瞧見一名高頭大馬的外國人，胸前掛著一個告示牌走來，乍看還以爲是傳播福音的熱情信徒。我慌忙撇過身子，兀自❷吃著

❶阿里山：為臺灣名山，位於嘉義，有日出、雲海、森林、神木等勝景。

❷兀自：還是、尚自。

便當，根本未曾留心你的形容，或者在做什麼。

未幾，在祝山，我們有了第二次的碰面。一個寒冬早上五點出頭的清晨。很多遊客搭乘支線火車到來，瑟縮❸地端著熱食，擠在觀日台等待日出，你又在那兒悄然現身。

那天你依舊披著一頭亂髮，衣著簡單，蓄滿髭❹鬍，胸前仍掛著那個醒目的告示牌。這時再見面我仍誤以為，大概只有狂熱的宣教士，或者摩門教❺徒，才會這麼勤勞，一大早到來吧。

等走近你細瞧，才赫然看見，那告示牌上，印著失蹤已經近一年，魯本的半身像。

你不斷地朝觀光客群走去，不斷地微笑著，以簡單的中文問候，「你好！」然後，展示紙板上的照片和英文，還有別人幫你寫的中文：

❸瑟縮：蜷縮，不伸展的樣子。

❹髭：音ㄗ，嘴唇上邊的短鬚。

❺摩門教：美國基督教的一支派。西元一八三〇年由約瑟夫・史密斯（Joseph Smith）所創。摩門教徒信奉聖經及摩門經。

「你有沒有見過，這位紐西蘭金髮青年，他叫魯本。我是他的父親，從紐西蘭來……」

當我看到這些內容，一時尷尬不已，再想及去年十一月，魯本的失蹤，旋即浮昇想幫忙又使不上力的無奈。

不知你在此多久了？是否每天都如此早起？日出之前，一名走江湖賣膏藥的王祿仔仙，一如過去持著一款藥品在兜售，但大概是受到你的感召吧，這回站在欄杆前，向群眾大喊時，居然講出這樣的內容：

「我手拿的是從那玉山東峰來的雪蓮，非常的珍貴。但今仔日我不想賣了。今仔日，我要特別跟恁介紹，頭前的這位金頭毛的阿都仔老歲仔❻。咱毋看他這樣子，好像耶穌一樣，他是真心真意來咱阿里山，找伊後生❼。今仔日我毋做生意了，你若有能力，在深山裡，找到一個金頭毛的年輕人，一定是阿都仔的

❻阿都老歲仔：外國老人。

❼後生：兒子。

囡仔。你若找得到，拜託你來找我，你不但會有獎金，我還會把我這些珍貴的藥材，全部送給你。」

你雖然聽不懂台語，但看到這位江湖台客如此賣力地宣傳，勢必了然他的熱忱。或許，無濟於事❽，但你仍投以感激的眼神。

我遇見你時，你在阿里山，大概已滯留❾一個多月了，沿著古老的阿里山鐵道旅行，從低海拔到高海拔的村鎮，一路上有許多當地人，都熱情地幫助你。相信這時，你已經非常熟悉江蕙的歌曲。你的留言如此敘述，你持續聆聽著這悲傷而甜美的歌聲，它滿溢著溫柔和感情，勝過任何你曾聽過的音樂，跨越了文化和音樂的界限，語言不再重要，給了你繼續的力量。

魯本是在一九九八年十一月中旬，隻身來台旅行的。據說他最早的旅行計畫是要到雪山❿，但是後來改變行程，前往阿里山。他想以徒步旅行，橫越某一條

❽無濟於事：對事情沒有任何幫助。
❾滯留：停滯留止不前。
❿雪山：位於中央山脈的西北方，大致與中央山脈的北段平行。主脈由第一高峰雪山向西南延伸，內含大雪山、小雪山，皆為三千公尺以上的主峰。

山路。

爲何他會選擇台灣的山岳旅行呢？原來，在紐西蘭時，他就經常縱走山林。台灣山勢嵱嵷⓫，森林多樣豐美，相信魯本對這樣的地理環境，一定也充滿嚮往吧。

但十二月四日，你們發現，魯本走入森林之後音訊杳然⓬，並未按約定返國。我們發動了數千人，搜遍了阿里山鄉山區，竟也找不到他的蹤影。根據當地人的見證，魯本最後登記下榻的旅店，在沼平車站附近。後來有人見證，隔天他曾探詢前往眠月線的方向。很可能，他想循此一荒廢的鐵道下切山谷，走訪偏遠的豐山村，也可能是更北的溪頭。

登山健行最忌諱，獨自進入陌生的荒野山區，但有時一個人的流浪和放逐，更能體驗私我和自然的關係。這種辯證很兩難，危險的降臨跟心靈的發掘往往只一線之隔。不知二十五歲以前，魯本在紐西蘭是否也曾這樣和森林對話，獲得生命的啓發。台灣的教育裡，其實是很缺乏，也很排斥探險的。

⓫嵱嵷：山勢高峻。

⓬杳然：毫無消息、蹤影。

從他選擇一個人，走進阿里山荒涼陌生的森林，這樣的勇氣和精神，想必是多年的習慣和養成。歐美年輕的自助旅行者，進入台灣的高山，獨來獨往者還眞不少。我很好奇，這樣追尋自我的學習，父母和師長扮演著哪樣的角色。比如你，做爲一個父親，又如何從旁給予意見或支持。

摒除自然教育這一環，從登山的經驗，魯本這趟最後的旅行，有兩個關鍵的因素，頗值得日後年輕的山行者參考。

從新聞報導的資訊，我很驚訝，魯本使用的竟是一本十幾年前出版的英文旅遊書，而非精密的登山路線圖。這種通俗的指南，登山地圖往往相當簡略，路徑亦畫得模糊。

熟悉此山區的人也深知，縱使擁有本地最詳實的地圖，山區的路線恐怕還有待實際的驗證。若無嫻熟山路的帶隊者，很容易迷途。但魯本不知，信賴地按圖索驥[13]。可能因而在山裡迷失，發生了意外。後來，你也對一些旅遊指南的誤導氣憤不已，直指道，「這本書害了我的兒子，這是一本壞書！」

[13] 按圖索驥：按照線索尋找、探求；比喻掌握線索，易於辦事。

再者，魯本既然來到阿里山，應該多探問一些訊息的。本地有經驗的登山嚮導，都會再三勸阻，別單獨前往。

我在祝山遇見你時，正埋首撰寫阿里山地區的旅遊指南。對這條鐵道支線還算熟悉。沿著它，在即將完成的登山地圖裡，我小心翼翼地畫出四條向左下切的山徑。過去的地圖只有兩條。

第一條是通往鄒族[14]來吉村的縱走，要翻過惡靈之魂集聚的小塔山。第二條經過石夢谷到豐山，名字好聽，一般人卻不敢獨行。第三條係早年救國團縱走的傳統路線，中途有千人集聚的大石洞，原始而崎嶇難行。還有第四條叫溪阿縱走，早年更有成千上萬像我這年級的人，浪漫地走過。但賀伯颱風之後，山路就崩壞了。

這四條路，如今以我的登山認知，無疑是台灣中海拔山區最為兇險的地方。除了地圖畫得謹慎，我絲毫不敢掉以輕心，還加註了詳細的文字說明。只是，旅遊指南不會呈現作者的心情。魯本可能不知，台灣的旅遊指南很少翻

[14] 鄒族：臺灣地區原住民族之一。居住於嘉義縣阿里山鄉及南投縣信義鄉，稱之為「北鄒」；而分布於高雄市桃源區及三民區兩區者，則稱之為「南鄒」。信仰超自然的靈魂、精靈、神祇，亦稱為「曹族」。

新，更何況是地圖的資訊。他從地圖找到的山徑，從半甲子前迄今，就不曾再變更了。

就不知魯本走的是哪條路了？

在台期間，你還主動配合警方，到阿里山每一角落探尋，雖然語言不通，但還是挨家挨户，向沿路的人比手畫腳。甚至親自上電視，向我的同胞求援。後來，我又在奮起湖老街遇見你。你的穿著和打扮仍是老樣子，遠遠地便清楚認出。其實，那時整個阿里山鄉的人都認識你，也對你充滿敬意。

這條老街就有賣江蕙的唱片，你是在這兒買的嗎？也不知那時，你是否聽懂歌詞了？「啊／心塊半醉半清醒／自己最明瞭」。或許，你根本不知道這是一首情歌呢！

按理台灣是個傷心地，你應該不會再回來的。但相隔一年，你再度出現於阿里山。原來，紐西蘭的台僑們透過報紙，了解你的情形，感動之餘，再集資五千美元，讓生活貧簡的你，還有餘裕，再度回來尋找兒子。

這回你長時以豐山爲家，彷彿自己也是地震的受難者，協助九二一大地震組合屋的重建，也跟當地村民結下深厚的友誼。同時，還走訪隔鄰的來吉，跟鄒族人研議，如何跟毛利人文化交流。你還拍攝了紀錄片，留下阿里山的美麗山水。一邊拍，一邊繼續跟失蹤的孩子對話，敘述這個魯本很想抵達的地方。

我在豐山旅行時，好幾位友人都提到，他們還帶你深入石夢谷，探尋一副無名的屍骨。儘管你也是登山好手，在這趟山行途中，還是摔了好幾次。相信這樣的深入，你更能了解自己的孩子，走進阿里山森林時遇到的狀況。

你從未怨天尤人，責怪台灣的不是。你們的家庭教養和文化，讓你選擇了感恩和沈默。我想魯本在這樣的環境長大，勢必也跟你一樣，擁有對異國文化和山水的熱愛。要不，就不會隻身跑到台灣的偏遠山區。而你們又積極地鼓舞孩子，向遠方出發。

當你要返鄉時，接受了報紙的訪問，我更明確地獲得了答案。當白目的記者問你，「請問這回來台尋找兒子，有何感想？」你誠摯地說，「我很欣慰，自己孩子的最後，是在台灣的山區結束。」

這句話是我聽過最動容的回答。當我們的年輕人，整天夢想著遠飛歐美時，我好想問魯本，到底是什麼樣的驅力，讓他不辭千里，來到一個比你們家園還小的島嶼，更願意冒險深入阿里山。如今我深信，你已經幫魯本回答了。

二〇〇二年你返回紐西蘭後，在音樂網頁上留言，希望站長能把這封感謝函，轉交給Jody。你還想當面感謝她，感謝她的歌聲，一個清楚的台灣印記，伴你度過生命裡最悲慟的一段時光，給你繼續尋找孩子的力量。

我不知道，後來江蕙是否有收到這封信。收到信時，是否也知道，這個異國青年失蹤於台灣山區的深層意義。

但我很想告訴，你回來隔年，江蕙又出版了《風吹的願望》。以前她的歌詞和曲風都以悲苦的戀情爲主，這首和專輯同名的主打歌，曲風溫暖自在，還是她較少選唱的類型，或許你應該聽聽，同時知道歌詞的內容。

我總覺得，那好像在描述你和魯本的感情。比如：「你是一隻飛來飛去的風吹／親像鳥仔快樂隨風自由飛／你有時高／有時低／尚驚有一天無小心打斷線／伴到你飛過一山又一山／牽到你飛過一嶺又一嶺／有一天你會看遍／這個花花世界／甘是你放底心内的願望」

那段時間，我在阿里山旅行，想到你們父子跟台灣的情緣，暗自發心，決定把這段邂逅的感觸寫下。如今時隔多年，或許江蕙小姐也該知道這段往事吧！

問題與思考

1. 若要到某個地方壯遊，並「追尋自我的學習」，你會選擇哪裡？考量的原因是什麼？
2. 面對喪子之痛，費爾因臺灣鄉親的關懷幫助與江蕙的歌聲陪伴，而度過傷痛。請問：當你難過時，又是如何療傷止痛？

〈下水〉

廖鴻基

作者

廖鴻基，一九五七年生於臺灣花蓮。花蓮高中畢業。曾經做過水泥公司採購員，也曾經到印尼養蝦。三十五歲那年，不顧親友的異樣眼光，成為職業討海人，並且開始寫作。三十九歲時他籌組「臺灣尋鯨小組」，四十一歲時，他發起「黑潮海洋文教基金會」，擔任創會董事長，從事關懷臺灣海洋環境、生態和文化等工作。曾參與臺東市公共藝術創作，作品除了反核的訴求外，亦關切環境問題。曾獲得吳魯芹文學獎等文學大獎，代表作有《討海人》、《鯨生鯨世》、《來自深海》等。

課文

〈下水〉

實在太熱了，船板常常曬得燙腳，儘管全身上下都密實的包紮了，仍然擋不住陽光酷熱的刺穿能力。通常中午過後，臉頰就感覺熱烘烘的，像是偎❶著一盆旺盛燃燒的火爐。

吃過中餐，在舷欄邊休息，看著清藍海水泛漾在船邊，心裡忽然興起一股下水的念頭。

當眞脫掉了衣服，三兩下解脫掉全身上上下下防曬的束縛，翻過船舷❷，一躍浸入水裡。

「海水裡是多麼的澄淨清涼……」往後的許多個航次，只要一覺得燥熱，耳邊就會響起海水的召喚。

❶偎：傍著、靠著。如：溫庭筠〈南湖詩〉：「野船著岸偎春草，水鳥帶波飛夕陽。」

❷船舷：船的邊緣兩側。

喜愛鯨豚的人，都會把下水和鯨豚同游當做是最大的夢想。

機會終於來了！

八月底，計畫結束前夕，船隻在石梯港附近遇見八隻花紋海豚❸。這些隻花紋海豚體型碩大，判斷應該在三百公斤上下，體長超過三百公尺，身上刮痕斑斑蒼蒼，像是穿著白花衣裳，動作姍姍❹緩緩，可能年歲都很大吧。

船隻接近後，牠們並不驚惶潛伏，只緩緩帶著船隻兜圈子。

機會來了！下水與牠們同游的機會終於來了！「海水裡是多麼的澄淨清涼！」耳邊響起的不只是海水的召喚，我彷彿也聽見了花紋海豚的呼喚。

花紋海豚的研究資料很少，至今仍不確知牠們的習性。只曉得牠們下頜兩側各有二至七枚釘狀牙齒，主食烏賊、甲殼類，偶爾也吃魚類，到底牠們對人體的侵擾會有什麼反應？或者說牠們對人體有多少興趣？沒有人知道。

兩個月計畫中，曾經和花紋海豚有過相當和善的接觸經驗。據我們觀察，一

❸花紋海豚：又名瑞氏海豚，臺灣漁民亦稱呼為和尚鰭。主要分布於熱帶至溫帶海域，喜好居住在大陸陸坡的水深驟降海域。在台灣東部海域的宜蘭南部至台東縣可見。

❹姍姍：形容緩慢從容的姿態。

般情況下牠們總是溫吞緩慢；牠們在經過了一段時間的觀察、試探、確認船隻並無惡意後，通常就會和善地靠近船邊。

但是，我們也見過牠高速狂飆，見過牠們許多奇奇怪怪不能理解的行爲。總之，牠們是一種很難揣測捉摸，如海洋一樣變化多端的海洋動物。

我攀出船舷外，一手拿住蛙鏡，一手扶住船欄。船長在高高塔台上駕駛；我等著他給我下水的訊號；船長想讓船隻更靠近牠們一些。

我不願意多想什麼，只一心一意想下水和牠們同游。我曉得這樣冒然下水存在著未知的危險，但是我也曉得生命的任何探觸都必須多少承擔風險，尤其對這生活在兩個世界的兩種不同動物。我明白，過多的顧慮往往會猶豫、退縮而毀掉嘗試的勇氣，所以我腦子裡只想著和牠們同游的美好影像。

跳入水裡，套上蛙鏡，蹬❺開一段距離後，我回頭看向船隻，想問船長花紋海豚的位置。從水面看向船隻，陽光淋著船身發出熾閃的邊影，這兩個月載著我們航行海上的工作船竟然如此生疏、遙遠。

❺蹬：腳底踩在某物，用力往前跳。

高聳的舷牆、擎天突露的鏢台、隆隆的引擎聲，以及船尖犂翻海面湧推的汩汩⑥白沫……啊！我驚覺到自己不再是船上的一個人，而是海洋裡的一隻動物；我想像這兩個月我們碰觸過的多少鯨豚，現在。我試著用牠們的眼光和角度觀察船隻。

船長指出花紋海豚的方位。我埋入水裡，迴身朝前賣力游去。

水裡有些浮屑從眼前漂過；陽光被海水篩濾，刺進水裡的只剩飄搖的光絲；光絲晃擺著在深深腹下收縮成束，像一只大漏斗將所有光線縮緊在深不見底的幽暗裡。我視線所及的範圍只有大約五公尺距離，這範圍外，海水像是遍撒了藍色粉塵、煙靄，相距越遠藍色越沉，而終於墜入無止盡的陰暗與清冷裡。

對於一雙已經習慣於陸地上的眼睛而言，海洋只允許這狹窄範圍的光明，除此之外，全是不能透視的神秘與恐懼。

沒看到花紋海豚，連個影子也沒看到，儘管我已經使出所有的力氣划水蹬腿，我想，不只眼睛不中用，我的手和腳在水裡可能連一隻小魚也比不上。

⑥汩汩：水急流的樣子。

五公尺。

「回來喔，回來喔……」是船長喚我回船。因爲潮流強勁，我不可能逆流追趕上花紋海豚。船長說，我越游越往後退。

第二次接近牠們。我攀在船舷外，可以看到水面上牠們湧動的背鰭僅僅離船五公尺。

船長比出下水手勢。

潛下去，潛下去！這一次一定要追上牠們。

跳入水裡的水波泡沫漸漸浮漂散去，看到了！終於看到了！牠們就在我視線可及的朦朧邊緣，我看到三隻，牠們伏潛在水面下，三隻深度不一高高低低距離水面大約三、四公尺。

牠們的尾鰭朝向我，緩款優雅的上下擺動。牠們的擺尾弧度很大，遠超過我所認爲的。飄搖光絲落在牠們身上，搬弄出顫舞的光網。很安靜，藍色煙靄瀰漫漫著沉靜，只有牠們那尾柄悠游自在地緩緩撥水，像是在指揮著一首柔滑的小夜曲。

那絕對不同於在船上觀看牠們，船上是居高臨下❼用平面視野在觀看牠，在船上，絕對感受不到牠擺尾的優雅，感受不到牠們所沉浸的藍色神秘世界……

那是大幅的、立體的、美麗的，我是溶在牠的世界裡看牠。

牠緩緩一次擺尾，我至少得撥水蹬腿十幾下。我是跟不上牠們。牠們不曾回頭，不曾稍稍停留等候，也不曾加速離去，牠們根本不理會我的奮力追趕。

就這樣溫文緩緩，牠們就足以從容擺脫掉我的糾纏、我的美麗夢想。海水世界畢竟是牠們的俯仰空間。

我必須加速趕上，牠們的身影已越來越朦朧，像一朵顫搖的泡沫隨時就要幻滅。雖然我明白不可能趕上牠們伴在牠們身旁同游，我仍然用了最大的努力，我想拖延這難得同在海水裡的接觸機會，想拖延那沉靜、優雅、神秘、美麗的觀感，我盡力衝刺。

我可能忘了呼吸，忘了自己是陸地上的人，我兩腳併攏上下深擺打水，不自覺中我學著牠們的擺尾姿態，我可能眞的想當一隻花紋海豚。

❼居高臨下：處於有利的地位，可控制一切。文中則指從高處往下看。

只短短時間而已，牠們用最慣常的舒緩擺尾動作就將我輕易地拋離。對牠們的不理不睬當然有點遺憾，但至少我看到牠們了，在牠們的世界裡，用牠們的眼光、角度看到牠們了。

兩個月計畫只是初探而已，我知道還有機會，只要調查計畫繼續，只要我繼續抱持終有一天要和牠們同游的美麗想望。

回到船邊，我試著學牠們的吐氣聲，試著學牠們憨重的跳水姿態……試著當一隻花紋海豚。

與牠們同游的夢想雖然還沒有實現，我仍想記下來這一段下水經驗。

問題與思考

1. 在〈下水〉中，廖鴻基為了要更了解海豚的行為，於是想與之同游。依你之見，應如何了解動物的想法及行動？請舉例說明。
2. 你是否曾因過多的顧慮而退縮，最後毀掉嘗試的勇氣？或者是願意承擔風險，勇往直前？試就個人生活經驗加以說明。

延伸閱讀

1.《詩經．七月》
2.劉克襄：《隨鳥走天涯》，臺北：洪範書局，一九九三年。
3.夏曼．藍波安：《冷海情深》，臺北：聯合文學出版社，一九九七年。
4.康拉德．勞倫茲（Konrad Lorenz），楊玉齡譯：《雁鵝與勞倫茲》，臺北：天下文化出版社，一九九四年。
5.珍．古德，楊淑智譯：《大地的窗口：珍愛猩猩三十年》，臺北：格林文化出版社，一九九六年。
6.黛安．艾克曼：《鯨背月色》，臺北：季節風出版有限公司，一九九六年。

單元作業

從親近泥土、山嶽、河川中，可讓我們認識與了解自然，並進一步愛護自然。請以某一座山或某一條河為書寫對象，描繪其中的自然生態，或你與它的親近過程。文長約六百字。

國家圖書館出版品預行編目資料

文學經典：群己.生命.閱讀／林偉淑、普義南、羅雅純、李蕙如著. ——初版. ——臺北市：五南圖書出版股份有限公司, 2016.07
面； 公分
ISBN 978-957-11-8237-7（平裝）

1.國文科 2.讀本

836 104014770

1X7P 國文系列

文學經典
群己・生命・閱讀

主　　編 — 淡江大學中文系教材編輯委員會(446.9)、林偉淑
編　　撰 — 普義南　羅雅純　李蕙如
發 行 人 — 楊榮川
總 經 理 — 楊士清
總 編 輯 — 楊秀麗
副總編輯 — 黃惠娟
責任編輯 — 陳巧慈
封面設計 — 黃聖文
出 版 者 — 五南圖書出版股份有限公司
地　　址：106台北市大安區和平東路二段339號4樓
電　　話：(02)2705-5066　傳　　真：(02)2706-6100
網　　址：https://www.wunan.com.tw
電子郵件：wunan@wunan.com.tw
劃撥帳號：01068953
戶　　名：五南圖書出版股份有限公司
法律顧問　林勝安律師
出版日期　2016年7月初版一刷
　　　　　2023年9月初版十刷
定　　價　新臺幣220元

※淡江大學通識教育「文學經典」課程指定參考用書
淡江大學出版中心出版